봄,
불가능이
기르는 한때

봄, 불가능이 기르는 한때

초판 1쇄 인쇄 · 2020년 1월 30일
초판 1쇄 발행 · 2020년 2월 5일

지은이 · 남덕현
펴낸이 · 한봉숙
펴낸곳 · 푸른사상사

주간 · 맹문재 | 편집 · 지순이 | 교정 · 김수란
등록 · 1999년 7월 8일 제2-2876호
주소 · 경기도 파주시 회동길(서패동) 337-16
대표전화 · 031) 955-9111(2) | 팩시밀리 · 031) 955-9114
이메일 · prun21c@hanmail.net
홈페이지 · http://www.prun21c.com

ISBN 979-11-308-1560-2   03810

값 15,000원

푸른사상
산문선

30

봄,
불가능이
기르는 한때

남덕현 산문집

푸른사상
PRUNSASANG

1

이 세계가 불완전하게 감각될 뿐, 완벽하게 이해되지 않을 때 비로소 사유가 시작된다.

까닭을 모르고 넘어질 때에만 '넘어짐'에 대한 사유가 시작되고, 까닭 없이 눈물이 흐를 때에만 '슬픔'에 대한 사유가 시작되며, 까닭 없이 한숨이 나올 때에만 '허무'에 대한 사유가 시작된다.

그래서 이 세계는 나에게 '앎'을 요구하지만 동시에 '모름'을 요구한다.

이 세계는 나에게 통찰을 요구하지만 끝내 통찰할 수 없는 세계이며, 결국 통찰되어서는 안 되는 모순의 세계다.

모순의 세계는 신이 형벌처럼 던진 대답 불가능의 질문이기도 하고, 스스로 자초한 자학이기도 하다. 형벌이든 자학이든 분명한 것은, 그 모순의 세계 속에 사물의 세계가 있고 그 사물의 세계가 배양하는 상념의 세계가 있다는 사실이다.

그리고 사물의 세계를 산책하며 상념을 배양하는 일이 나는 무척이나 행복하다.

그래서 이 책은 자학의 기록이자 행복의 기록이다.

2

사물의 세계에는 오직 직선과 곡선만이 있는 것일까.

그럴 리가 없다.

어쩌면 나는 이미 직선과 곡선이 아닌 제3의 선을 발견했을지도 모른다.

그러나 그것은 아직 발견된 것이 아니다.

언어가 발견하기 전까지는, 언어가 제3의 선에 어떤 이름을 붙이기 전까지는 아직 발견된 것이 아니다.

언어의 발견 없이는 나는 단 하나의 사물의 세계도 발견할 수 없으며 끝내 사물의 세계와 접촉할 수 없는 불가촉천민이다.

나는 언어에 전적으로 의존하지만 그만큼 언어를 증오한다.

그래서 이 책은 언어에 대한 의존의 기록이자 증오의 기록이다.

3

이번이 다섯 번째 책이다. 탈고를 할 때마다 늘 다짐한다.

착한 개(개는 다 착하다)와 아담한 텃밭을 가꾸며 살리라, 개하고만 말을 하고 텃밭만큼만 상념을 키우리라, 내가 사람이라는 사실에 늘 위협을 느끼며 울타리 안에 나를 구금하리라 다짐한다.

새는 언제나 아무 다짐 없이 우는데, 나는 다짐하고 또 다짐한다. 그래서 그 다짐은 영원히 이루어지지 않는지도 모르겠다.

부질없는 다짐에 또 다른 다짐을 더 하며 서문을 맺는다.

2020년 1월
어느 해 저무는 시골에서
남덕현

차례

봄, 불가능이 기르는 한때

제2부

제3부

봄, 불가능이 기르는 한때

제4부

모르고, 모르며,
또 모른다

11

제1부

두 개의 문

친구, 전화하다

목사 친구

— 언제 한번 한국 안 오시나?

— 몸이 부실하다 보니 어디 멀리 가는 게 영 엄두가 안 나네.

— 나 죽으면 그때는 오시나?

— 그때는 가야지! 나 아니면 자네 추모 기도 할 사람이 있나?

— 이 친구 보게? 내 동갑내기 사촌이 목사인 줄 모르시나?

— 사촌 너무 믿지 마시게! 아무리 목사라지만 자네의 타락한 영혼을 위해 기도할 수 있는 목사는 흔치 않을 거야.

— 자네는 되고?

— 나는 되지! 친구니까. 목사라서 되는 게 아니라!

바다 건너에서 어린 양들을 돌보는 친구가 오랜만에 전화를 했다.

영 건강이 나아지질 않는 모양이다. 온다, 온다 한 게 벌써 20년이다.

— 추모 기도 고맙긴 한데 몇 가지만 염두에 두시게나.

— 말해보시게.

— '사망 가운데서도 각별히 주님께서 함께하시고' 같은 멘트는 삼가주시게나.

— 죽어서도 타락 생활을 계속할 심산이신가? 주님이 함께하시면 아무래도 타락 생활에 지장이 있겠지. 부담스럽지, 죽어서도 주님의 주목을 받는다는 건! 접수했네.

— 그리고 '먼저 천국에서 기다리시는 가족들과 반갑게 재회하게 하소서' 같은 멘트도 빼주시게나.

— 하긴 자네가 부모님 뵐 면목이 있을 리가 없지. 알았네, 그것도 염두에 둠세. 또 다른 건 없나?

— 없네.

— 알았네. 그래도 자네가 부담도 알고 면목도 아는 걸 보니 완전히 타락한 영혼은 아닌 모양일세.

— 그런 게 아닐세.

— 그럼?

— 혼자 있고 싶어서 그러네.

— 혼자?

— 그래. 혼자. 죽어서도 누구와 함께 있는 것은 생각만 해도 끔찍하네. 자네는 한 번이라도 완벽하게 혼자인 적이 있었나?

잠시 그와 나 사이에 침묵이 흐른다.

그의 병약한 숨소리가 또렷이 들린다.

그 숨소리에 내가 숨이 찬다.

— 근데 자네가 꼭 먼저 간다는 보장이 있나? 내가 먼저 갈 수도 있을 텐데 그땐 자네가 내 추모 기도를 해주시게.

— 내가? 목사도 아닌데 목사 장례식에서 추모 기도를 하라고?

— 친구니까. 목사라서가 아니라.

— 일단 알겠네. 장담은 못 하지만.

— 자네도 몇 가지만 염두에 두시게나.

— 말해보시게.

— 나도 자네의 요구와 이하 동문일세.

— 알겠네.

누가 먼저 가든, 우리는 서로의 완전한 홀로 됨을 위해 기도할 것이다.

신이 세상을 창조할 때, 신은 완전히 혼자였다. 창조란 완전히 홀로인 자, 홀로인 상태가 아니면 불가능한 일이다.

홀로 되어 길이 남을 창조물을 남기고 싶은 욕망 따위는 없다.

다만 인간으로 태어난 존재의 피로함을 멈추고 한가롭고 싶을 따름이다.

나의 휴식을 창조하는 것, 그것 말고는 아무런 욕망이 없다.

벗이여, 어서 늙어 소멸해가자.

어서 소멸하여 우리의 휴식을 창조하자.

그것만이 자네가 평생 받들어 모시는 신의 형상을 닮는 길이다.

고향 친구

새벽과 아침 사이의 경계선을 타고 전화가 왔다.

— 시골에서 어떻게 지낼 만해?

— 죽지 못해 살지 뭐.

— 맨날 그 소리! 시간은 잘 가고?

— 시계는 잘 가.

— 글은 잘 써져?

— 늘 옹색하지 뭐.

— 뭐 다른 계획은 없고?

— 가을 왔으니 겨울 오겠지.

— 그건 자네가 세운 계획은 아니잖아!

— 물론이지. 어떤 놈이 그딴 계획을 세우겠어!

친구여.

모든 별들은 우연히 떨어지고, 모든 바람은 문득 스쳐 가며, 모든 새벽잠은 엉겁결에 깨고, 꿈속 모든 노래는 알다가도 모를 가락이라네.

이것 말고는 도통 삶의 명징함이 없으니 대체 무슨 계획을 세우고 살겠나.

당최 사람이 무슨 계획을 세우고 살겠나.

집들이 손님

첫 집들이 손님이 왔기에 고기를 구웠다.

— 오신다기에 특별히 국산 돼지목살로 장만했지.

— 그럴 리가.

— 안 믿어?

— 육질로 봐서는 스페인 아니면 덴마크네.

— 국산이라니까?

— 내 눈은 못 속여.

— 먹어보고나 말을 하든가.

— 원래 고기는 눈으로 먹는 법이지.

— 돋보기 써야겠네. 국산도 못 알아보고.

— 어디서 건너온 게 뭔 상관이야? 먹고 싸는 똥은 어차피 다 국산이야!

— 그런데 빈손이네?

— 그러게! 집들이를 빈손으로 온 죄를 어쩐다지?

— 죄질이 아주 나빠.

— 얼마나 나쁜데?

— 음…… 죄질로 봐서는 스페인이나 덴마크네.

— 거기까지 가서 징역 살라고?

— 어디로 건너가서 징역 사는 게 뭔 상관이야? 어차피 빨간 줄은 국산 호적에 긋는데!

나는 고기 한 판 잘 구워 먹고, 손님은 상추쌈 한 판 잘 싸 먹고, 우리는 함께 산에 올라 제비꽃을 봤다. 손님이 꽃 보는 척하며 봉투 하나를 쥐여준다.

— 스님이 뭔 돈이 있다고 이래? 나 돈 있어.

— 봄 타고 돈이 좀 들어왔네?

— 어디서?

— 어…… 스페인이나 덴마크?

꽃 보고 내려와 스님은 바로 떠났다.

나는 늘 그가 멀어져 아지랑이처럼 아스라할 때 비로소 합장하고 허리를 숙인다.

알고 그러는지 모르고 그러는지, 그는 결코 뒤돌아보는 법이 없다.

알아도 그만, 몰라도 그만이다.

합장.

장례식장에서

용기

애도가 끝나고, 슬픔에 몰입했던 감각이 다시 평상으로 돌아왔을 때, 아직은 애도가 부족한 듯하여 다시 슬픔에 몰입하려 하나 역부족일 때, 그리하여 슬픔에 몰입하지 못하고 어색한 의지로 애도를 이어갈 때, 다시 눈물이 난다 해도 그것이 첫 눈물과는 달리 격정에 떨며 흐르지 않을 때, 마음이 슬픔으로 소용돌이치던 방금 전과 의지 충만한 지금 나 사이에 이질감이 느껴질 때, 빈약한 슬픔의 지구력을 자책할 때, 점점 자기의 슬픔과 서로의 슬픔에 대한 신뢰가 사라져 울면서도 서로를 흘끗거리며 애도의 진정성을 의심하기 시작할 때, 무슨 말을 해도 그에 어울리는 표정을 지을 수 없어 모두가 침묵하고 있을 때, 용기 있는 당신만이 그 난감한 침묵을 깨고 외치리라.

— 육개장이 짜네!

습관

당신은 지금, 삶보다 다가올 죽음이 더 구체적이다.

당신이 아직 경험하지 못한 당신의 죽음을 너무나 생생하게 감각하기에, 당신의 삶이 도리어 막연한 추상으로 느껴진다. 경험하지 못한 선험이 늘 경험하는 일상의 구체보다 더 생생하다는 사실이 당신은 그저 놀랍다.

경험과 선험, 구체와 추상의 전통적 관계가 뿌리째 흔들린다.

그동안 삶의 구체로 죽음의 의미를 재구성할 수 있다고 믿어왔던 당신의 신념은 무너지고, 오히려 너무나 구체적이고 생생한 선험적 죽음으로 이 막연한 삶이라는 추상의 의미를 재구성해야 할 것만 같은 난감함에 빠지고 만다.

당신은 그동안 얼마나 삶과 죽음의 관계에 대해 오해해왔는가를 뼈저리게 깨닫는다.

삶을 가치 있게 만드는 죽음, 죽음을 가치 있게 만드는 삶이란 경구는 당신이 평소 얼마나 흔하게 되뇌던 경구던가,

그러나 당신은 지금, 그 경구가 얼마나 삶을 과잉 대표해왔으며 죽음을 얼마나 소외시켜왔는지를 절실히 깨닫는다.

당신은 삶이 죽음에 연결되어 있는 것이 아니라 죽음이 삶과 연결

되어 있다고 생각해왔다. 삶과 죽음의 관계에서 그 관계의 무게중심은 언제나 삶에 있었다. 그러나 당신은 오늘에서야 그것이 아님을 깨닫는다. 무게중심이 삶에 있는 한, 죽음은 결국 삶에 포섭되어 그 구체와 생생함을 상실하고 만다는 것을 깨닫는다.

당신은 이제 관계의 무게중심을 삶에서 죽음으로 이동시킨다. 당신은 삶과 죽음의 관계에 있어 그 주도권이 죽음에 있으며 결국 삶은 죽음에 종속되어 있음을 깨닫는다. 그만큼 지금 당신에게 죽음은 너무나 생생한 구체이며 삶은 너무나 막연한 추상이다.

지금 당신에게는 죽음이라는 선험의 세계가 오히려 명징하게 감각되고 당신이 속한 경험의 일상 세계는 불감의 세계다. 감각되는 것은 죽음이지 결코 삶이 아니다. 그것은 분명 이상감각이다.

그 이상감각이 죽음과 삶의 관계를 전도시키고 그 무게중심을 역전시킨다. 그 이상감각이 당신이 그동안 얼마나 죽음을 오해해왔는가를, 죽음에 대한 당신의 오해로 당신은 또 얼마나 당신을 오해해왔는가를 명징하게 드러낸다. 당신이 되뇌어왔던 삶과 죽음에 대한 경구들이 이 이상감각에 비하면 얼마나 지루하고 한가한 얘기였는가를 절감한다.

당신은 당신의 오해를 자책하며 전율한다. 그리고 그동안 얼마나 많은 이의 죽음을 애도해왔는가를 떠올린다. 애도의 순간순간마다 당신을 휘감던 정체 모를 감각이 바로 지금의 이상감각은 아니었는지 생각한다. 그때마다 당신도 모르는 사이에 당신의 영혼은 얼마나 심각한 이상감각에 시달려왔는가를 생각하며 다시 전율한다. 전율하는 당신이 당신의 코를 만지작거리며 미간을 찌푸린다.

당신이 오해해온 당신이, 당신도 모르게 코를 만지작거린다.

당신의 영혼은 당신도 모르게 오래전부터 후유증을 앓아왔다. 당신의 오래된 습관, 그것은 이상감각에 시달려온 당신의 영혼이 남긴 오래된 후유증이다.

어머니, 전화하시다

곰국

얼마 전 어머니께서 곰국을 얼려 보내셨다. 받고도 감사 인사를 차일피일 미루고 있었는데 마침 어머니 전화다.

— 인자 심이 딸려서 양껏 음식두 못 허겄구먼?

— 공연히 힘들게 왜 이런 걸 보내고 그러세요.

— 니가 맨날 명절 건너띠구 안 내려오니께 맴이 걸려서 그러지.

— 봄에 한번 내려갈게요.

— 니가 원체 정신을 빼놓구 사는 인사라 소금 찾다가 곰국 태워 먹을깨비 간간허게 밑간혔는디 워쩔런가 모르겄네. 늙으니께 인자 혀가 영 둔해져서 수저맨치두 간을 못 봐.

— 싱거우면 소금 쳐서 먹을게요.

— 그려. 짜믄 물 타구.

— 앞마당에서 솥 걸고 끓이셨어요?

— 몰러서 물어? 당연허지! 남의 집 마당이서 요강 걸구 헐 일은 아니니께.

— 힘드셨겠네.

— 니가 맨날 명절을 빼먹으니께 부려먹을 인사가 읎네. 혼자 헐라니께 대간허구먼?

— 네.

— 이번이 내려오믄 재차 물어보구 처분헐라구 혔는디 니가 안 와서 그냥 내 맘대루 혔으니께 그란 중 알어.

— 처분이요?

— 그려, 니 책. 몇십 년 묵은 애물단지 이번에 해결 봤네.

— 아, 진즉에 폐지로 넘기시라니까. 근데 어떻게 처분하셨어요?

— 잘 타드라! 곰국 두 솥 너끈허대. 빨갱이 책이라 그른가 월매나 불 때깔두 벌건 게 보기 좋든지, 불 때는 맛 한번 좋데!

— 잘하셨어요.

— 니 아버지 살아 계셨으믄 손두 못 대게 혔을 텐디.

— 잘하셨어요.

— 그 양반은 자석 신세 조진 책 뭐가 예쁘다구 지냥 내비둬, 내비둬, 혔나 몰러.

— 잘하셨어요.

— 요새 책은 쓰는 겨?

— 봄이나 돼야 뭐라도 끼적이지 싶네요.

— 애먼 봄만 조지게 생겼구먼.

— 봄에 한번 내려갈게요.

강산이 거의 세 번 바뀌도록 버린다, 버린다 노래만 부르시던 어
머니가 오랜 숙제를 끝내신 모양이다.

진즉에 부도난 혁명 채권을 오래도 쥐고 계셨다.

어머니 해방 만세!

곰국을 먹어보니 맛이 아주 완벽하기 그만이다.

마르크스를 태우고, 레닌을 태우고, 스탈린을 태우고, 마오쩌둥을
태우고, 김일성을 태워 끓인 곰국이니 어찌 아니 그러하랴!

설거지

싱크대 앞에서 어머니 전화를 받는다.

— 어쩐 물소리가 난다니? 씻는 겨?

— 아뇨. 물 갈아요.

— 물 갈아? 어항 들인 겨?

— 뭐 그런 셈이죠.

— 뭐 기르는디? 붕어? 청거북? 나는 알록달록허니 열대어가 보기 좋더구먼.

— 그냥 잡다하게 길러요.

— 서루 안 먹구 안 먹히게 잘 길러야 쓰는디!

— 그럴 일은 없어요.

— 그러구 물은 너무 자주 갈아주믄 못 쓰는 겨! 물괴기들은 엔간히 물이 탁혀야 심신이 편한 법이니께!

— 물이라도 자주 갈아줘야죠.

— 그러믄 물괴기들 부대껴서 못 쓰는디? 너두 누가 죙일 니 안방을 빤히 치다보믄 살겠어? 뭐래두 가져다가 가릴 거 아녀! 물이 탁혀야 물괴기두 가릴 거 가리구 살지. 안 그려?

— 네.

— 근디 가을 오니께 쓸쓸병이 도진겨? 물괴기를 다 들이구.

— 쓸쓸병은 아니고 게을병이 도져서요.

— 아니긴 뭘 아녀! 쓸쓸병이 오니께 합병으루다 게을병두 오는 게지.

— 네.

— 쓸쓸병 왔으믄 혼차 앓지 말구 내려와서 애미 옆에서 앓어!

— 그럼 앓는 맛이 안 나서 안 돼요. 그리고 쓸쓸병 아니고 게을병이라니까요.

— 우기는 겨? 우길병까지 도진 거 보니께 쓸쓸병이 심허게 들렸구먼?

오늘도 설거지를 뒤로 미루고 설거지통 물만 갈아준다.

며칠만 더 담가두면 그릇에서 지느러미가 돋고, 젓가락은 치어를 낳고, 뒤집어진 수저의 등은 마침내 거북등처럼 쩍쩍 갈라져 내가 곧 구지가를 부를 수도 있을 것이다.

물 먹은 행주는 새 물을 마시고도 개여울 물풀처럼 흐느적거리며 묵은 물비린내를 풍긴다.

며칠만 더 견디자.

작은 연못을 가질 수도 있을 것이니.

수녀님께

삼한사온

새해 들어 복 많이 받으라는 덕담을 넘치게 받았습니다.

오랫동안 나를 봐온 사람들이 그게 낭비라는 것을 아직도 모릅니다. 나를 몰라도 그렇게 모르나 싶어 복을 받고도 무척 서운합니다.

그 복이 불행도 포함하는 것이라면 달게 받겠습니다. 복이란 복이 죄다 행복이니 아무짝에도 쓸모가 없습니다. 행복은 행복이 필요한 사람들에게나 주었으면 좋겠습니다. 그게 낭비를 줄이는 길입니다.

수녀님은 잘 아시겠지만 저는 어쩌다 걸려든 행복도 반드시 불행으로 종자 개량해야 속이 시원합니다. 저는 행복보다는 불행으로 자기 실험을 하는 종자입니다. 제 삶의 농도는 불행의 리브머스로민 측정됩니다. 행복이라는 먹지를 대고 쓰면 아무 글자도 남지 않습니다. 불행이라는 먹지를 대고 써야 그나마 몇 자 남습니다.

행복은 알량하고 불행은 장쾌합니다. 행복을 생각하면 죽을 것 같고, 불행을 생각하면 살 것 같습니다.

행복에 대한 불행의 열등감, 저는 정말 그것이 못 견디게 싫습니다. 빛에 대한 어둠의 열등감처럼 싫습니다. 행복과 불행의 관계, 빛과 어둠의 오랜 서열 관계가 지루해서 못 견디겠습니다.

저에게 행복은 포장지를 뜯을 마음조차 들지 않는 이미 빤한 선물입니다. 저에게 행복은 투명한 문과 같습니다. 속이 빤히 들여다보이는 투명 문에 무슨 배후가 있겠습니까? 어떤 배후가 존재할 수 있겠습니까?

저에게 행복은 지겨운 평면입니다. 불행은 평면을 구기면 비로소 융기하는 입체입니다. 저는 평면보다 입체가 좋습니다.

수녀님도 제가 위험하다고 생각하십니까? 잘 아시지 않습니까. 저는 불행으로 저를 실험할 뿐입니다. 저는 그 어떤 누구의 행복과 불행도 실험하지 않습니다. 저는 위험하지 않습니다.

오늘은 지독한 삼한이 지나고 사온이 시작되는 날입니다. 사온의 온기가 알량하기 짝이 없습니다. 차라리 겨울 내내 삼한빵온이었으면 좋겠습니다.

답장

며칠 뒤 수녀님으로부터 답장이 왔다.

수녀님께

— 알량한 온기라도 작가님에게 쏟아지기를. 아멘.

하!
나 역시 아멘.

기도

보이지 않아도 존재하는 것, 존재해도 보이지 않는 것들이 눈 감으면 나를 스쳐 갑니다.

눈 감으면 기도가 나를 스쳐 갑니다.

불현듯 목덜미에 솜털이 돋고 나서야 스쳐 간 줄 아는 바람처럼, 기도는 나를 스쳐 갑니다.

그런 바람을 내가 통찰할 수 없듯이, 나는 스쳐 가는 기도를 통찰할 수 없습니다.

통찰할 수 없기에 기도는 영원히 신비합니다.

누군가는 눈 감으면 미래를 보고, 환상을 보고, 신비를 보고, 신을 봅니다.

나는 눈 감으면 눈동자 상처가 보입니다.

내 눈동자는 오래 굴러먹은 낡은 구슬입니다.

눈을 감아야만 보이는, 어둠이 빛을 덮는 찰나에만 보이는, 상처의 무늬들이 현란하게 명멸합니다.

눈을 감아야만 보이는 것은 신만이 아닙니다.

상처도 눈을 감아야만 보입니다.

내 상처가 나의 미래, 나의 환상, 나의 신비, 나의 신입니다.

낡은 구슬이 어둠 속에서 구르는 소리, 그것이 나의 기도입니다.

고해

나는 시간의 잣대고, 내 삶은 잣대의 눈금 어디선가 시작되고 어딘가에서 끝납니다.

잣대는 잣대가 잰 거리에 대해서 소유권을 주장하지 않습니다.

잣대에게 '나의 거리'란 존재하지 않습니다.

잣대는 그저 거리를 충실히 잴 뿐입니다.

내 인생, 나의 정체성 같은 말은 얼마나 허황된 것입니까. 그런 허황된 말들에 고무되고 비장해지는 일은 또 얼마나 헛된 것입니까.

거리를 재는 비장한 잣대, 생각만 해도 우스꽝스럽습니다.

그러나 나는 그 비장함을 포기할 수 없습니다. 그것 없이는 살 수가 없습니다. 우스꽝스러워도 어쩔 수가 없습니다. 그런 비장함이 조장하는 불안과 비관만이 나를 격동시키고, 실존의 상투성을 혐오하도록 만들어 새로운 실존 양식을 꿈꾸게 합니다.

그런 비장함이 있는 한 비록 실존에 고착되어 있으나 고착되어 있는 실존을 방치하는 일은 결코 없을 것입니다.

나는 시간의 형식을 받아들이면서도 시간의 내용을 거부합니다.

나는 죽음의 형식에 순응하지만 죽음의 내용에 저항합니다.

나는 시간의 눈금을 재지만 눈금과 눈금 사이에서 고통을 자처합니다.

나는 고통을 자처함으로써 시간의 형벌을 거부합니다.

자학함으로써 가학을 거부합니다.

나는 시간의 눈금을 재는 잣대지만 시간의 프롤레타리아는 아닙니다.

나는 시간을 재는 잣대에 불과하지만, 나는 시간이 끝내 잴 수 없는 모순이며 미궁입니다.

오타

동네 교회에서 나눠주는 전단지를 받았습니다.

— 하나님이 세상을 이처럼 사랑하사…… 영생을 얻게 하려 하심이니라. (요한복음 3장 16절)

그리고 그 밑에 빨간 글씨가 적혀 있습니다.

— 하나님의 말씀은 일획 일점이 틀리지 않습니다.

'신앙상담' 번호로 곧장 전화를 걸었습니다.

— 반갑습니다! 형제자매님!
— 오타 났어요.
— 네?
— '얻개'가 아니라 '얻게'가 맞습니다.
— 네??
— 그리고 '않읍니다'가 아니라 '않습니다'가 맞습니다.
— 네???

하나님 말씀에도 오타가 납니다.
어쩌면 인간은 신의 오타인지도 모르겠습니다.

종말

작은 개미가 기어갑니다.
개미는 완벽한 자기 축소입니다.
개미에게 지독한 열등감을 느낍니다.
저는 늘 자기 확장과 자기 과잉의 욕망으로 꽉 차 있습니다.
저는 완벽한 제국주의적, 자본주의적 인간입니다.
개미의 완벽한 자기 축소 앞에서 저는 창조의 가능성이 소멸된 존

수녀님께

재라는 자괴감에 빠집니다.

자기 축소 없이는 아무것도 창조할 수 없습니다.

신조차 그렇습니다.

신이 인간을 어떻게 창조했습니까.

신이 인간을 창조할 수 있었던 것은 자기 축소를 통해 홀로 독점하던 시간과 공간을 인간에게 내어주었기 때문입니다.

신의 자기 축소는 창조의 원인이자 결과입니다.

인간 창조는 신의 자기 축소 사건입니다.

저는 자기 축소와 점점 더 멀어져갑니다.

자기 축소 대신 자기 확대와 자기 확장의 거센 욕망에 매일매일 위축되어갈 뿐입니다.

단 한 줄도 쓰지 못하는 종말의 때가 머지않았습니다.

얼근한 전화

며칠 전, 눈이 한창일 때 아들의 전화를 놓쳤다.

눈이 비로 바뀔 때쯤 다시 전화가 왔고, 이번에는 놓치지 않았다.

아무리 겨울이라 해도 어둠이 오려면 아직이건만, 아들의 전화가

벌써 얼근하다.

— 아버님! 못난 아들이 낮술 한잔했습니다.

— 어이쿠! 밤이나 낮이나 아랫것이 냉큼 전화를 받잡아야 하거늘

그렇지 못해 송구합니다.

— 어이쿠! 왜 그러십니까!

— 무능력한 아랫것이 당연히 받잡아 모셔야지요.

— 이제 졸업인데 돈은 못 벌고 아버님 돈 먹는 기계 신세가 돼서

송구합니다.

— 어이쿠! 집구석이라고 뭐 드실 게 있어야지요? 차린 것도 없이

드시라고 해서 제가 송구합니다.

— 이 못난 아들은 아버님처럼은 못 삽니다.

— 이 못난 애비도 아드님처럼은 못 삽니다.

— 가끔 제가 왜 태어났나 생각할 때가 있습니다.

— 저는 늘 왜 태어났나 생각합니다.

— 아버님도 그러십니까?

— 죽을 때까지 그럴 겁니다.

— 우하하하.

— 우하하하.

— 아버님이 보내주신 피땀 어린 돈으로 술이나 먹고 전화해서 송구합니다!

— 어이쿠! 마약이 아니라 술이라서 얼마나 다행입니까? 그저 감읍하옵니다.

— 우하하하.

— 우하하하.

가난한 부자 사이의 통화는 언제나 실없는 농담으로 시작해서 실없는 농담에 얼근하게 취해 끝난다. 착한 아들은 실없는 농담으로 알량한 존엄을 지키려는 가난한 아비의 수작에 늘 기꺼이 놀아나준다. 착한 아들은 아비의 무기력과 허세를 향해 예리한 창날을 겨누는 대신 그렇게 실없이 놀아준다. 이렇게 착할 수가 없다.

착한 아들이 얼마 전 호텔 식당 웨이터로 취직했다.

착한 아들은 욕이 늘었다.

욕이 늘었어도, 웨이터로 돈 벌어서 반드시 나중에 아버지를 모시겠다고 다짐하는 여전히 착한 아들이다.

아들의 다짐이 이루어질 때까지 나는 아들의 욕을 모실 것이다.

어느새 날이 다 저물었다.

가신 것이라고는 어둠밖에 없는 가난한 사람들이, 십시일반 어둠을 모아 밤은 어둡다.

나도 보탰다.

새벽에 아들에게 쓰다

반복

나도 그대 나이일 때는 문득 깨어도 이내 다시 잠들곤 했다.

요새는 깨면 다시 잠들기 어렵다. 늙으면 매사에 힘이 달린다더니, 이젠 자는 힘이 달려 오래 못 잔다. 사소한 육신의 불편함이나 아마득한 상념을 도무지 몸이 견디질 못한다.

걱정이 태산이어도 체력으로 견디고 자는 것은 바로 지금 그대와 같은 청춘의 한때다. 숙면은 청춘의 보람이기도 한 것이니, 그대는 그대의 보람을 마음껏 누리기 바란다.

다시 잠들지 못하고 맞는 늦은 새벽과 이른 아침은 상념의 시간이다. 새로운 상념은 없다. 오래된 상념에 낡은 마음이 늘 새롭게 도취할 뿐, 오래된 상념의 정취에 취하다 가끔 주정 같은 깨달음을 얻는 것이 요즘 낙이라면 낙이다.

일찍 깨면 하루가 길고, 하루가 길면 서둘러 어설프게 하던 일을 찬찬히 정성으로 하게 된다. 느린 가운데 정성을 반복하면 나른한 감각의 집중에 빠지게 되는데, 그것은 긴장된 이성의 집중과는 질적으로 다른 세계로 나를 이끈다.

그 세계에는 이성과 합리의 축적으로는 불가능한 직관의 도약이 있다. 그런 직관의 도약을 경험하게 되면 유가의 가르침이 고리타분하다는 것은 틀린 말임을 알게 된다. 오히려 무슨 일이든 정성을 다해 반복하다 보면 그 과정에서 어떤 감각이 일어나고, 사람은 그 감각을 통해서 세계의 본질에 다다른다는 것이 그 가르침의 핵심이라는 것도 알게 된다.

그래서 유가에서는 밥 먹는 일, 옷 입는 일, 걸음걸이, 부채질, 붓질, 먹을 가는 일, 인사하는 일처럼 일상의 사소한 행동들을 정성껏 반복하는 일이 매우 중요하다. 그리고 그것은 사실, 행위의 반복이 아니라 행위를 하는 나의 감각의 반복이다. 일상의 반복은 곧 감각의 반복이라는 점에서 유가의 세계는 매우 감각적인 세계라 할 수 있다.

유가는 일상의 사소한 행위를 형이상학 차원으로 끌어 올리는 일이라기보다는, 오히려 형이상학을 일상의 반복적 경험 세계로 끌고 내려와 감각할 수 있는 것으로 만든다. 늘 하던 대로 마당을 쓸다가 문득 불가의 한 소식을 깨우치듯이, 역시 늘 하던 대로 정성스레 방을 쓸다가도 격물치지에 이를 수 있는 것이다.

세계의 '자명함'이란 객관의 세계에 대한 이성과 합리의 추론에서 나오는 것이 아니라, 아무리 사소한 일이라도 그것을 반복하는 과정에서 얻게 되는 감각의 반복에서 나온다는 것이 가르침의 요체일 터, 이것은 이성과 합리의 추론을 통해서 진리에 도달할 수 있다고 믿는 서양 철학의 기본전제와는 완전히 다른 것이다.

유가에서 중요한 것은 거창한 형이상학의 명제가 아니라 사소한 일상의 반복, 반복되는 일상의 감각이다. 그리고 감각의 반복을 통해 결국 열리는 것은 직관이다. 직관은 이성과 합리의 추론 과정을 문득 뛰어넘어 한 소식과 격물치지에 이르는 길을 열어주기도 한다.

세상의 이치와 사물의 본질을 깨우친다는 것이 우리가 모르던 것을 알게 되는 것이 아니라, 우리가 이미 알고 태어난 '생이지지(生而知之)'를 일상의 반복과 반복의 감각에 집중함으로써 발견하는 것임을 직관으로 알게 되는 것이다.

그러므로 그대여.

아무 의미 없는 일상의 반복처럼 중요한 일은 없나니, 지겹고 무의미하더라도 그대는 매일매일 일어나서 이불 개고 씻고 밥 먹고 학교 가는 일에 게으르지 말라.

지겨운 일상의 반복에 정성을 다하라. 그게 공부라면 공부요, 깨달음이라면 반드시 그 안에서 나올 것이다.

요즘 수업을 자주 빼먹고 해가 중천에 이르도록 잠에 취해 있는 날이 허다하다는 그대의 동향을 전해 듣고 쓴다.

결코 그대의 보람을 시기하는 것은 아님을 알아주기 바라면서.

연결

전선을 연결하는 전봇대가 무척 외로워 보인다.

연결만을 위해 존재하는 '연결자'는 가장 외로운 존재다.

연결이라는 말이 이토록 외로운 말이었던가.

언젠가 그대와 함께 보던 족보 생각이 난다.

그 무수한 연결자들, 족보보다 더 외로운 책은 없으리라.

그대는 누구로부터 연결되어 지금 존재하는지, 그대는 또 어떤 존재의 연결자가 되려는지.

나와 그대가 나란히 누워 있는 모습을 보고 웃으시던 그대의 할아버지 말년 생각이 난다.

임무를 다한 연결자의 외로운 웃음이 생각난다.

항문

종종 위대한 깨달음이 그대에게 지혜의 언어를 줄 것이다.

그러나 그 세계를 쫓아 평생 개처럼 헐떡이며 달리지는 말아야 한다.

인간은 말문과 지혜보다 항문이 먼저 터져야 살 수 있다.

이 세계도 말문보다 항문이 먼저 터졌으므로 존재한다.

존재의 근원은 언제나 항문에 있다.

새벽에 아들에게 쓰다

존재의 지혜 이전에 근원의 질문에 답하려거든 머리가 아니라 항문을 생각하라.

그대의 항문과 우주의 항문을 향해 한 걸음씩 걸어가라.

사이

호박잎에 빗방울 떨어지는 소리가 들린다.

저 소리는 호박잎이 내는 소리인가, 빗방울이 내는 소리인가.

저 소리의 소유권은 호박잎에 있는가, 빗방울에 있는가.

그대는 빗소리를 들어본 적이 있는가. 그건 어떤 소리인가.

공기와 지붕과 나뭇잎과 부딪치는 마찰음 없이 내리는 빗소리를 들어본 적이 있는가.

무엇과 몸을 섞지 않은 순수한 빗소리를 그대는 들어본 적이 있는가.

사실 비가 내는 순수한 빗소리란 존재하지 않는다.

빗소리는 비와 그 무엇이 부딪쳐 내는 소리이며, 빗소리는 비와 그 무엇 사이에 일어나는 사잇소리다.

빗소리만 사잇소리인가.

공기의 압력을 뚫고 지나가는 바람 소리는 사잇소리가 아니던가.

골목 담벼락에 붙어 있는 전단지를 찢고 가는 바람 소리는 사잇소리가 아니던가.

순수한 바람 소리란 역시 존재하지 않는다.

맑은 날 듣던 새소리와 비 오는 날 듣는 새소리는 같은가.

눈 내리는 날 개 짖는 소리와 눈 그친 날 개 짖는 소리는 같은가.

달빛 쏟아지는 날 풀벌레 우는 소리와 칠흑 속에서 풀벌레 우는

소리는 같은가.

그대는 새와 개와 풀벌레의 고유한 소리를 들어본 적이 있는가.

햇볕 소리, 달빛 소리, 어둠의 소리와 섞이지 않는 그것들의 고유

한 소리를 들어본 적이 있는가.

그런 소리도 존재하지 않는다.

세상 모든 소리가 사잇소리다.

세상 모든 소리는 사잇소리라서 그 어디에도 속하지 않는 소리다.

세상 모든 소리는 오로지 사이에서 둥둥 떠도는 소리다.

우리는 이 세계 그 어떤 존재의 고유한 소리도 들어본 적이 없고,

들을 수도 없다.

우리가 듣는 소리는 모두 사잇소리일 뿐이다.

그대와 나의 소리도 마찬가지다.

나와 그대의 소리는 내 소리도 아니고 그대의 소리도 아니다.

오직 그대와 나 사이에 둥둥 떠다니는 사잇소리다.

나는 그대 본연의 고유한 소리를 들어본 적도, 들을 수도 없다.

그대 역시 내 본연의 고유한 소리를 들어본 적도, 들을 수도 없다.

관계란 그런 것이다.

그대와 내가 어떤 사이일 때, 우리는 더 이상 고유한 소리를 낼 수도 없고 들을 수도 없다. 우리는 다만 그대와 나 사이의 사잇소리를 내고, 들을 뿐이다.

그러므로 그대가 누군가를 사랑하고 누군가와 어떤 사이가 될 때, 그대는 그대와 누군가 사이에 둥둥 떠다니는 사잇소리에 민감해야 한다.

더 이상 그대의 고유한 소리란 존재하지 않는 환상이라는 것을 깨달아야 한다.

누가 사랑이 환상이라고 했던가.

사랑은 환상이 아니다. 환상은 오로지 나라는 환상, 나라는 고유한 정체성만이 환상이다. 그런 것은 존재한 적도 없고, 앞으로도 존재하지 않는다.

나라는 환상을 포기할 때 그대는 비로소 환상으로부터 사랑을 구할 수 있을 것이다.

습관

내 할아버지는 안에서나 밖에서나 늘 복장이 단정했고, 안색은 희로애락에 구애 없이 일정했다. 끼니를 거르시거나 음식을 남기시는 법이 없었고, 상에 없는 음식을 찾으시거나, 상에 오른 음식을 내리시는 일도 없었으며. '빨리 다오' '나중에 다오' '더 다오' '덜어다오' 한마디 없이 정시에 정량을 드셨다. 언제나 말씀과 행동이 단정하셨고, 습관마저 단정했다.

할아버지는 일어나시자마자 손바닥으로 방바닥을 쓰는 습관이 있었다. 빗자루로 방을 쓸기 전 반드시 그렇게 하셨다. 손바닥으로 먼지를 훔치시면서 할아버지는 침묵하며 무언가를 골똘히 생각하셨고, 내가 말을 걸어도 듣지 못하셨다. 그것은 할아버지의 습관이자 하루를 여는 경건한 의식이었다.

어릴 적 나는 당신의 평소 언행의 단정함이 그 습관에서부터 나오는 것이 분명하다고 생각했다. 그 의식이 끝날 때까지 나는 어떤 어리광도 부릴 수가 없었다. 그것이 아쉬우면서도 할아버지의 습관을 지켜보는 내 마음은 평안과 기쁨으로 충만했다.

내 어머니는 집안일 마치시고 들어오시면 언제나 경대 앞에 앉아 얼굴에 로션을 바르셨다. 얼굴 다음으로는 손등, 마지막으로 갈라진 뒤꿈치까지 정성스레 바르셨다. 일정한 시간에, 일정한 시간 동안, 일정한 속도로 거행되는 의식, 그것은 어머니의 습관이자 하루를 마감하는 의식이었다.

나는 잠자리에 누워 경대 거울에 비치는 어머니 얼굴을 보면 무척 든든했다. 하루도 빠짐없이 거행되는 내 어머니의 의식을 보면서 더할 나위 없이 평안했다.

49

내가 생각해도 터무니없이 변덕스러운 나, 사악한 비밀로 가득한 나, 나도 불신할 수밖에 없는 나, 그런 나에 비해서 추호의 자기 불신도 없는 어머니의 얼굴이 거울 속에 있었다.

그런 어머니의 얼굴을 보노라면 누구한테 용서를 구한 것도 아니고, 누구에게 사함을 받은 것도 아닌데, 내가 다시 깨끗해진 느낌이 들곤 했다.

할아버지의 습관을 보면서 내 마음에 기쁨과 평안함이 충만했던 이유도 그와 다르지 않다.

두 분의 습관은 나에게 일종의 종교 의식과도 같았던 것이다.

그런 습관을 가진 사람들은 막연히 들끓는 열정이 없고, 그래서 삶에 대한 구차한 변명이 없다. 그들은 오래된 사물처럼 단정하다.

나는 그대에게 어떤 습관으로 기억되려는지 생각만 해도 모골이 송연하다. 아무리 생각해도 내게는 그런 단정함과 엄숙함이 깃든 습관이 없다. 그대에게 유산처럼 남겨줄 습관 하나가 없는 것이다.

나는 오래된 사물처럼 단정하지 못하고 비루하게 낡아만 간다.

멀쩡하시네요?

봄밤의 정취를 만끽하는 일 중 하나가 훈풍 가득한 봄밤을 젖은 머리 말려가며 한가롭게 거니는 것이다. 그 한가로움의 정취는 봄의 정취 가운데서도 백미다.

특히 며칠을 읽어도 이해할 수 없는 난해한 독서에 질리고 지친 날에는 그 정취가 더욱 좋다. 그 어떤 깨달음의 희열보다 봄밤의 한가로운 정취에 취하는 맛이 훨씬 낫다고 스스로 위로하는 마음이 전혀 궁색하지 않다,

걷다 보면 치렁치렁한 산발이 한 올, 한 올 어디 한구석 치우치는 법 없이 골고루 잘 말라서, 손으로 뽀송한 머리칼을 대충 훑어 꽁지를 만들어 묶어도 아주 단정한 느낌이 든다.

오늘도 궁색함이 없이 단정한 봄밤을 한가롭게 걷는다. 깊은 밤 불 켜진 집들이 드문드문하고, 골목마다 어둠이 들어차 있다. 골목에 접어들다 자꾸 어둠의 발등에 걸려 내가 휘청거리면 어둠이 내 상념

의 무게를 받쳐 안는다. 가벼우나 빈약하지 않은 적당한 무게감이 또한 흡족하다.

봄밤의 흡족함이 극에 이를 때쯤, 골목 입구에 순찰차가 멈추더니 경찰관 둘이 내린다. 의례적인 순찰이거니 무신경으로 일관하는 사이 경찰이 어느새 코앞에서 거수경례를 붙인다.

— 실례합니다.

— 그러시지요.

— 신고가 들어와서요.

— 무슨 신고요?

— 아, 그게…….

— 저를 신고했다고요?

— 네.

— 왜요?

— 산발한 사람이 아까부터 동네 주변을 배회하는데 좀 이상하다고…….

— 뭐가 이상하다는 겁니까?

— 아, 그게…… 이해하십시오. 오해하시는 분들이 종종 있습니다.

— 어떻게 오해를 하시던가요?

— 아…… 그게…….

— 괜찮습니다. 말씀해보세요.

— 말씀하시는 거 들어보니 멀쩡하신데 말입니다!

— 산발한 미친놈이 집 못 찾고 헤맨다고 그럽디까?

— 멀쩡하신데 말입니다! 하하하…….

— 하하하! 저 안 멀쩡해요.

— 하하하…… 왜 그러십니까! 불쾌하게 생각하지 마세요.

— 하하하! 미친놈 미쳤다고 신고하는데 불쾌하긴요!

— 하이고, 왜 그러십니까! 양해하십시오. 신고가 들어온 이상 저희도 어쩔 수 없어서 말입니다.

이런 돌발 사태도 봄밤의 흥을 돋우는 일이라 여기며 한바탕 웃고 만다. 나는 이래도 좋고 저래도 좋은데 경찰이 애먼 마음고생이다. 혹 내가 뒤끝을 남길 위인인지 아닌지 저들끼리 수군거리며 자꾸 나를 쳐다본다.

그러거나 말거나 자리를 뜨려는데, 경찰이 나를 부른다.

— 왜요?

— 타세요! 댁까지 모셔다드리겠습니다.

순수한 호의이자 뒤끝을 남기지 말아달라는 은근한 청탁이기도 하다.

— 아닙니다. 얼마나 멀리 왔다고요.

— 근처라도 타고 가세요.

— 아닙니다. 일 보세요.

— 저희가 죄송해서 그럽니다.

— 아닙니다. 전 다른 거 타고 가겠습니다.

— 저 자전거 선생님 겁니까?

— 아니요.

— 그럼 타세요! 저희가 너무 죄송해서 그럽니다.

— 따로 타고 갈 거 있어요.

— 차 가지고 오셨어요?

— 아니요.

— 그럼요?

— 저 봄 타요.

— 네?

— 요새 봄 탄다고요.

— 아, 왜 그러십니까! 멀쩡하신 분이! 타세요!

하!

그냥 버려두고 가시오.

나는 봄 타고 내 갈 길 가렵니다.

미치지 않고서야 이런 봄을 놔두고 다른 무엇을 탈 수 있단 말이
오!

두 개의 노점

그 집 앞 노점

마을버스 정류장 옆에는 토스트 노점이 있다.

가게 주인은 언제나 노래를 흥얼거린다. '오늘도 그 집 앞을 지나노라면'으로 시작하는 가곡인데, 나도 무척 좋아하는 노래다. 주문을 받으면서도, 토스트를 뒤집으면서도, 거스름돈을 건네주면서도 그는 노래를 멈추지 않는다.

— 토스트요.

— 네. 오늘도 그 집 앞을 지나노라면……

— 두유도 하나요.

— 네. 오늘도 그 집 앞을 지나노라면……

— 하나는 포장해주세요.

— 네. 오늘도 그 집 앞을 지나노라면……

노래는 딱 이 대목까지다. 아무 때나 가도 언제나 이 대목까지다.

목청도 목청이지만 어설피 배운 마구잡이 노래가 아니라서 더 듣고 싶은 생각이 간절하나 더 이상은 들을 수 없다.

그는 언제나 그 집 앞을 지나는 중이다.

단골 핑계로 은근히 농을 쳐보는 것으로 아쉬움을 달래본다.

— 그 집이 엄청 큰 모양이죠? 한참 지나시네?
— 예? 아, 네! 오늘도 그 집 앞을 지나노라면……
— 저도 그런 큰 집에서 살아봤으면 좋겠습니다.
— 저는 살아봤습니다! 오늘도 그 집 앞을 지나노라면……
— 네?

노점으로 출근하는 길에 매일 지나오는 그 집 앞.

한때 연 매출 일이백억은 우습던 사장님 시절에 살던 그 집 앞.

자기 돈 써달라고 은행들이 다투어 사무실로 찾아오던 시절에 살던 그 집 앞.

부도가 나고 은행 빚에 넘어가 지금은 주인이 바뀐 그 집 앞.

— 제 딸도 저 따라 음대 성악 전공이지요. 오늘도 그 집 앞을 지나노라면……

— 네.

— 아들은 첼로고요. 오늘도 그 집 앞을 지나노라면……

— 네.

— 아, 현재형이 아니라 과거형이 맞겠네요. 오늘도 그 집 앞을 지나노라면……

단골 핑계 농담에는 과분한 사연을 대답으로 듣고 나는 그만 말문이 막힌다.

왜 그가 그 집에 얽힌 사연을 갑자기 내게 털어놓은 것인지는 알 수 없다. 그냥 그런 때가 불쑥 다가온 것이리라. 그도 노래만으로는 더 이상 그 집에 대한 상념을 감당할 수 없는 때가 있는 것이다. 불쑥 찾아온 때에 맞춰 내가 불쑥 찾아든 것뿐, 다른 이유는 없으리라.

그의 노래가 계속 이어진다.

— 그 집이 그런 집입니다. 오늘도 그 집 앞을 지나노라면……

속 실한 노점

— 전 살보다는 내장을 더 좋아합니다.

— 아, 네.

— 다시 한번 말씀드리지만 전 내장이 좋습니다.

— 그럼 내장만 드려요?

— 그렇다고 내장만 먹겠다는 건 아닙니다.

— 아, 네.

— 생선은 역시 내장이죠.

— 드실 줄 아시네요.

— 아는 만큼 먹는 거죠.

— 아, 네.

— 거듭 말씀드리지만 전 내장을 더 좋아합니다.

— 마음 같아서야 꽉꽉 채워주고 싶지만 내장이야 지가 타고나는 것인데 거기에 사람이 뭘 더 넣고 빼고 할 수 있나요. 좋아하시는 건 알겠는데 참 애석합니다.

— 사장님은 하실 수 있습니다. 생선이라고 다 같은 생선이고 생선가게 주인이라고 다 같은 주인입니까?

— 그렇게까지 말씀하시니 제가 최선을 다해보겠습니다.

— 믿습니다. 사장님이라면 충분히 가능합니다. 그리고 부럽습니다.

— 뭐가요?

— 자유자재로 생선 배 속에 내장을 넣기도 하고 빼기도 하고, 그게 어디 보통 능력입니까?

— 그게 뭐 대단합니까? 내 배 속도 아닌데.

— 대단하죠. 저는 엄두도 못 냅니다. 저는 그나마 빨리 틀니 하는 게 소원입니다. 제가 제 눈을 넣다 빼겠습니까, 간을 넣다 빼겠습니

까? 이라도 제 맘대로 넣고 빼고 해보려고 합니다.

— 아, 뭐 그렇게까지.

— 사장님 보면서 제가 힘을 얻습니다.

— 아, 네. 무슨 말씀인지 제가 충분히 알겠습니다. 맞춰드려야죠!

— 매번 감사합니다.

노릇하게 잘 구워진 생선 배가 불룩한 것이, 내장을 꽉 채워 넣은 것이 분명하다. 한 입 베어 물으니 꽉 찬 붉은 내장이 모락모락 김을 뿜어내며 삐져나온다. 쫄깃하면서도 부드러운 알이 입안에서 무더기로 톡톡 터지는 맛을 무엇에 비하랴.

생선은 역시 내장, 붕어빵에는 역시 통팥이다.

두 개의 문

벽 없는 문

— 아버지, 어떻게 해야 문을 열고 밖으로 나갈 수 있을까요?

새벽에 날아온 문자는 전후 맥락 설명이 없다. 이런 문자는 기다려봐야 어떤 배경설명도 따라오지 않는다. 설명할 수 있다면 질문이 아닌 질문이 있는 것이다.

아들에게도 시작하는지도 모르고 시작한 일이 멍하니 길어지는 때가 있을 것이다.

사선으로 내리는 빗줄기 속에서 수직으로 내리는 한 줄기를 찾는 일, 비가 땅속으로 얼마나 깊이 스며드는지를 가늠하는 일, 안개를 뚫고 나오는 새소리를 듣는 일, 새소리 따라 안개 속으로 들어가 아직 돌아오지 않는 마음을 기다리는 일, 비가 남긴 얼룩이 가로등 불빛에 선명히 드러나는 담벼락을 보는 일, 뒷골목에서 다투던 한 무리가 남기고 간 욕설을 혼자 눈감고 읊조리는 일, 자동차 뒷바퀴가 앞바퀴를 쫓아 애타게 굴러가는 소리를 듣는 일, 신음처럼 비 온다 비온다 혼자 중얼거리는 일, 위대할 것 하나 없는 사소한 것들을 감각하는 일, 일상은 위대하기도 어렵고 그렇다고 사소하기도 어렵다는 것을 감각하는 일.

아들도 그때를 지나가며 내게 문자를 보냈으리라.

'벽이 없을지도 몰라. 문만 있고.'
'문을 열고 나가면 밖이 아니라 안일지도 모르고.'

밑도 끝도 없는 질문에는 알다가도 모를 대답이 어울린다.
설명할 수 있다면 대답이 아닌 대답도 있는 것이다.

그대여.
허허벌판 한가운데 달랑 문 하나가 있는지도 모르는 일이다.
그것도 아주 낡은 문이.
벽이 없는데도, 오로지 그 문을 열고 밖으로 나가기 위해 문고리를 붙잡고 용쓰는 것인지도 모르는 일이다.
그러다 지쳐 주저앉아 서럽게 우는 게 인생인지도 모르는 일이다.
문을 열고 나가면 거기가 밖이 아니라 안일지도 모르는 일이다.
애당초 문만 있을 뿐, 안과 밖이 없었는지도 모르는 일이다.

어쩌면 끝없는 허허벌판을 좌표 없이 방황하느니 차라리 멈추고
싶은지도 모르는 일이다.

문에 속지 않는 자 고통 속에 방황하고, 문에 속는 자 평안 속에
정착하는지도 모르는 일이다.

그대여.

문에 대해서는 묻지도 대답하지도 말아야 할 것이다.

그대는 속는 자인가, 속지 않는 자인가.

속고 싶은 자인가, 속고 싶지 않은 자인가.

그것만 묻고 그것에만 대답하라.

투명 문

투명 문에는 배후가 없다.

안과 밖이 훤히 보이는 문에는 배후가 없다.

배후가 없으면 상상이 없고, 상상이 없으면 환상이 없으며, 환상
이 없으면 이야기도 없다.

문에 가려진 얼굴과 얼굴의 배후에 자리 잡은 적대와 환대에 대한
상상이 투명 문에는 없다.

문에 가려진 타자에 대한 상상과 환상, 타자에 대한 철학과 이야
기가 투명 문에는 없다.

투명 문은 죽은 문이다.

상상이 죽고, 환상이 죽고, 철학이 죽고, 이야기가 죽은 문이다.

신비가 죽은 문이다.

종일 죽은 문을 드나드는 우리의 정신은 산 것인가, 죽은 것인가.

제2부

한여름 밤의 백일몽

오후

비 내린 날 오후

오전 내내 어찌나 맑은 비가 내리던지, 한나절 젖은 세상이 온통 다 맑다. 다시 해 나고, 세상 물기 마르는 냄새가 잡스러움 하나 없이 깨끗하다.

깨끗이 빨아 넌 코발트색 천 같은 하늘에 유난히 둥근 흰 구름 몇 점이 떠 있다. 그냥 구름인 듯, 누가 깔끔하게 뚫어놓은 구멍인 듯, 어쩌면 나 같은 불가촉천민이 천국에 몰래 숨어드는 개구멍인 듯.

맑아진 실개천에도 눈 밝아진 봄볕이 물길을 찾아든다.

오늘 밤, 잠든 투명한 작은 물고기들 배 속에서 낮에 한입씩 베어 삼킨 봄볕이 물풀 사이사이 아련히 빛나리라.

이런 맑은 날에는 모진 마음도, 사무치는 다짐도 다 부질없다.

모질게 지지 못한 꽃잎이 태어나 처음 터진 아이의 코피처럼 맑게

붉고, 다짐 없이 서 있는 나뭇가지에서 사무치는 다짐 하나 없이 새가 운다.

나만 나에게 지독히 사무쳐 나에게조차 냉정해진 채 홀로 쓸쓸하다.

저 맑은 새소리, 나는 언제나 묵은 병과 묵은 다짐과 묵은 슬픔을 다 잊고 저렇게 맑게 울어보려나.

비 내린 다음 날 오후

아랫집 노인은 어제 비 내린 촉촉한 마당 텃밭에 가뭄인 양 오랫동안 흠뻑 물을 주고, 늙은 개는 모로 누워 떨어진 꽃잎을 앞발로 짓이기다 눈을 풀고 존다.

새끼고양이는 삭은 흙벽에 다 자라지도 않은 발톱을 갈며 흙장난을 치고, 어미고양이는 흙벽 위에 누워 수염을 까닥이며 대문 앞 청보리밭 고랑 수를 센다.

배부른 왜가리는 제 머리 위에서 꿈쩍 않고 눌러앉은 지겨운 구름을 쫓느라 머리를 쳐들고 헛부리질을 하고, 방심한 물고기는 왜가리 다리 사이로 장난처럼 헤엄친다.

무너진 닭장 옆에 버려진 낡은 시계는 아직도 돌아가고, 살씬 개미들이 색 바랜 계란 껍데기의 잔해를 입에 물고 녹슨 시계의 초침을 따라 종일 원을 돈다.

나비는 하얀 빨래 위에 앉았다 날았다 제 그림자와 놀고, 거미는 당겼다 풀었다 제 줄을 가지고 놀며, 벌은 꽃 대신 풀잎에 앉아 장난으로 구멍을 내고, 막 돋아난 이가 간지러운 풀벌레가 풀잎 끝을 악물고 자근거리며 매달려 있다.

이 봄 오후의 풍경들을 보자니 한편으로 한가롭고, 한편으로 권태롭다.

저것들이 다 무한의 세계에 태어나 곧 소멸할 것들의 권태로운 습관들이다.

권태로운 척하는 위선의 습관, 버르장머리 없는 우물 안 애송이가 노회한 무뢰한처럼 담배를 꼬나물고 이미 세상을 다 경험했노라 으스대듯, 소멸의 열등감을 감추려 무한을 흉내 내며 으스대는 버르장머리 없는 권태의 습관들이다.

그러나 겁먹은 눈동자로 과장된 욕설을 퍼부으며, 어설픈 짝다리를 짚고 서서 소심하게 침을 찍찍 내갈기는 함량 미달의 불량소년처럼 딱한 자기 연민의 존재가 또 어디 있던가.

권태란 소멸하는 것들의 유구한 자기 연민의 습관, 이것들을 하릴없이 지켜보는 나의 권태 역시 자기 연민의 습관이다.

아주 버르장머리 없으나 또 그것 없이는 예정된 소멸을 견딜 재간이 없는 것이다.

낮잠

낮잠에서 깨어나 누운 채 실눈 뜨고 빙 둘러보니, 방 안의 모든 것들이 낯설다.

책상, 의자, 스탠드, 전등, 책장, 옷가지, 가방, 밥솥, 청소기, 그릇하며 꽃무늬 벽지와 그 꽃잎 위에서 늙은 나비처럼 뭉그적거리는 오후의 노을, 그중 어느 것 하나도 나에게 다정함이 없이 서로 약속한 듯 새침하여 사뭇 서럽다.

이것들이 그동안 나 몰래 서로 다정했던가.

나 잠들기를 기다렸다는 듯이 저희끼리 속닥거리다가 내가 깨자마자 수다와 왕래의 흔적도 감춘 채 시치미를 떼고 있다.

내가 다시 잠들거나, 혹은 출타라도 하기를 기다리며 숨죽이는 은밀한 열기로 방이 후끈하다.

나만 빼고 저것들이 서로 긴밀히 연결되어 있다.

방 어딘가에 내가 보지 못한 거미줄이 있을 것이다.

한여름 밤의 백일몽

저것들을 하나로 묶어놓은 촘촘한 거미줄의 장력이 내 신경을 조인다.

이 방에서 나만 우연이고 저것들이 다 필연이다.

나만 무의미고 저것들이 다 의미다.

나는 그동안 저것들을 무의미와 권태로 가득 찬 '어느 날'들을 함께 즐기는 동료로 여기고 살았다.

창밖의 무수한 의미와 필연으로 가득 찬 '어떤 날'에 비해 무의미와 우연으로 가득했던 우리의 '어느 날'들은 그 얼마나 즐거웠던가.

그러나 오늘은 저것들이 다 의미와 필연의 존재들이다.

의미의 존재는 목적의 존재이며, 목적의 존재는 목적을 향한 방향의 존재이며, 방향의 존재는 목적이 그려놓은 좌표의 존재이며, 좌표의 존재는 우연의 '어느 날'이 아니라 필연의 '어느 날'을 사는 존재들이다.

저것들이 저마다의 좌표 위에 입을 다물고 앉아 있다.

나는 그 침묵 앞에 홀로 외롭다.

저것들은 누구로부터 목적을 얻고, 방향을 얻고, 좌표를 얻고, 어떤 날을 얻었는가.

이 방에서 나만 좌표 없이 우주를 떠도는 점처럼 외롭다.

공연한 아침

오늘은 일찍 깨서도 바로 일어나지 않고 공연한 손장난, 발장난으로 한참 누워 놀았다.

'공연'이란 말은 참 좋은 말이다. 본래 그러하게(然) 텅 빈(空) 상태가 공연(空然)인데, 그 공연에서 일어나는 몸짓은 상념의 낭패에서 벗어난 내 본연의 몸짓이고, 그 본연의 몸짓에는 일체의 의도가 없어 티끌만 한 사악함도 깃들 여지가 없다.

'공연'에서 일어나는 나의 모든 몸짓은 무위(無爲)에 그친다. 이따위 손장난, 발장난에 무슨 목적, 성공과 실패, 선악이 있겠는가.

밖에서는 아까부터 개가 부산하다.

벌써 나와서 건성건성 머리도 쓰다듬고 턱 밑도 얼러주고 알량한 사료 한 접시 주면서 이런저런 잡소리로 생색깨나 내야 할 놈이 도무지 기척이 없으니, 개는 이 아침이 심란한 것이다.

창가에서 머뭇머뭇 낮게 짖어도 보고, 어디론가 멀리 가버리겠다는 듯 작별하듯 짖어도 보고. 다시 창가로 달려와서 들으라는 듯 헉헉거리기도 하고, 다 큰 놈이 하룻강아지 시절처럼 낑낑거리기도 한다. 그러다 연달아 왈왈, 왈왈 짖기도 하는데 저것은 부아가 치밀어 내려앉을 생각도 없이 제 갈 길로 잘 가는 새를 보고 분풀이 삼아 짖는 소리다.

저 하고 싶은 대로 내버려두고, 하던 공연한 장난이나 계속하다 보니 밖이 잠잠하다.

그 고요가 궁금하기보다는 묘하게 애잔하여 창밖을 내다본다.

머리를 창 쪽으로 두고 텃밭 가장자리에 누운 개 꼬리가, 공연히 오르락내리락하며 야들한 상추 잎을 툭툭 건드린다.

숨 막히게 돌아가는 공장 기계에서 떨어져 나온 쓸쓸한 나사처럼, 해 지도록 집으로 돌아갈 생각 없이 홀로 공터에서 공연히 돌부리를 차던 어릴 적 내 모습이 떠오른다.

여린 유년 시절, 나는 공장처럼 바쁘고 거칠게 돌아가는 집과 서로 겉돌았다.

나도 저 개처럼 이렇게도 짖어보고, 저렇게도 짖어보았으나 아무도 알아주는 사람이 없었으며, 심지어 꽤 오랫동안 자취를 감춰도 찾는 사람이 없었다.

나사 하나가 떨어져 나가도 씽씽 잘만 돌아가는 기계가 야속하기도 했지만, 아무도 찾지 않는 덕분에 만끽하던 나사의 쓸쓸함은 또 얼마나 좋았던가.

나는 공연히 돌부리를 차며 공연한 상념에 젖고, 공연한 상념에 젖으며 공연히 착해졌으리라.

　내가 저를 보고 있음을 알고 있음에도 개는 나와 눈을 마주치지 않고 공연한 꼬리 장난질에 여념이 없다.

　저놈도 아침나절 심란하고 부산하던 마음이 '공연'으로 돌아간 것이다.

　저놈이 뭔가 아는 놈이다.

　저놈이 지금 공연히 착해지는 중이다.

변두리 동네, 오후

시간

시간은 태어나지도, 낡지도, 소멸하지도 않는다.

모든 것은 시간의 상징들의 몫이다.

이 세계는 거대한 시간의 상징이다.

움직이는 것은 시곗바늘이고 멈춰 있는 것은 시계 숫자판이다.

사람은 초침처럼 걷다 분침처럼 걷고, 분침처럼 걷다 시침처럼 걷고, 시침처럼 걷다 멈추고 소멸한다.

하나의 상징이 소멸하면 새로운 상징이 태어난다. 시계 태엽처럼 몸을 말고 순서를 기다리던 아이들이 끝없이 태어난다.

시간은 새로 태어나지 않는다. 소멸한 상징들이 남기고 간 시간을 새로 태어난 시간의 상징들이 이어갈 뿐이다.

시간은 흘러가지도, 증발하지도 않는다.

개미는 죽은 자가 남기고 간 시간을 억겁 분의 일씩 입에 물고 알뜰히 수거해가고, 개미를 쪼아 먹은 새들이 어디론가 날아가 수거된 시간을 깊숙이 감춘다.

아이들이 태어나면 새는 감춰놓은 시간을 물고 다시 날아온다.

황새가 물고 오는 바구니에는 정말 아이가 들어 있는가.

바구니 속에 들어 있는 것은 낡은 시간이다.

새로 태어난 아이는 낡은 시간의 승계자다.

세상의 모든 아이는 낡은 시간과 함께 이미 낡아서 태어난다.

시간은 찰나의 유실도 없이 물려주고 물려받는 낡은 유산이다.

시간은 처음부터 낡아 있는 것이다.

시간은 시간을 사유하지 않는다.

시간을 사유하는 것은 시간의 상징들뿐, 그러나 시간은 언제나 그 사유를 초월해 있다.

초월해 있으므로, 시간의 무사유는 무책임과 무지함 대신 신성함을 얻는다.

시간의 상징들은 가장 무책임하고 무지한 신을 숭배한다.

숭배의 대가로 받는 것은 영원한 무의미와 권태뿐이다.

권태

치주가 무너진 풍치처럼 들떠 있는 보도블록이 여기 저기 방치되

76

어 허술하게 흔들거린다.

걸음걸음마다 삐걱거리는 보도블록 밑에서 썩어가는 물이 역한 냄새와 부패한 거품을 뿜으며 찌걱찌걱 올라온다.

길 건너편 가로수 너머 콘크리트가 삭아가는 낡은 빌라에서는 은근한 페인트 냄새가 난다.

얼마 전 개나리색으로 새 단장한 빌라 외벽이 플라타너스 울창한 잎 사이로 색종이 크기만큼 보인다.

색종이 뒤로, 실금을 타고 빗물 따라 흐르던 녹슨 철골의 분비물 잔해와 그 얼룩이 은폐되어 있다.

'지금'의 배후는 낡은 시간이며, 그 '지금'이 새로울수록 그 배후는 더 낡아 있다.

며칠 바람이 없어 변두리에 갇혀버린 탁하고 습한 대기가 비곗덩어리같이 물컹거리며 빽빽하게 굳어가고, 모든 것들이 버겁게 움직인다. 굳은 대기를 뚫고 버겁게 앞으로 나가면 내가 일으키는 바람에서 비계 노린내가 난다.

시계점포 진열대 위에서는 플라스틱 탁상시계 초침이 가다 멈추고를 버겁게 반복한다.

빌라 위 까마득히, 가느다란 시곗바늘처럼 반짝이는 비행기가 날아간다.

빽빽한 비곗덩어리 속을 힘겹게 뚫고 날아가다 바늘허리가 부러질 듯 위태롭다.

낡은 시간이 버겁고 위태롭고 더디게 흐른다.

시계점포와 분식점 사이 골목에 버려진 마네킹들이 포개져 있다.

똑바로 누운 어른은 눈을 크게 뜬 채 웃으며 백일몽을 꾸는 중이고, 엎어진 아이는 질식사한 지 오래다. 질식사한 사체의 등에 지난봄 떨어진 꽃잎이 부검을 기다리는 시반처럼 아직 말라붙어 있다.

시반 위에서 사망 시간을 추정하던 한 무리의 개미들이 시간을 수거하고 나서 새를 기다린다.

비둘기가 개미를 쫀다.

비둘기는 수거한 시간을 물고 어디론가 날아갈 것이고, 어디선가 시간의 마네킹들이 새로 태어날 것이다.

시계점포 앞에서 이미 태어난 아이가 나풀나풀 걸으며 제 그림자와 놀고 있다.

노인이 아슬아슬한 손녀의 걸음을 절룩절룩 쫓아 다닌다.

아이가 노인을 보고 마네킹처럼 웃으면 노인은 아이를 보며 눈물을 글썽인다.

낡은 시간의 계승자가 물려받아야 할 유산의 지루함과 수고로움을 노인은 잘 안다.

아이를 보며 울지 않는 무자비한 노인이 어디 있으랴.

이제 겨우 나풀대는 저 걸음을 노인은 도저히 눈물 없이는 볼 수 없다.

아이는 노인의 시간을 유산으로 물려받았다.

영원한 무의미와 권태와 함께.

한여름 밤의 백일몽

날 저문다는 말은 얼마나 평화로운 말이었던가.

벌써 저녁이되 해는 저물 기색이 없고, 밖은 아직도 용접 불꽃처럼 환하다. 저물지 못하고 지쳐 쓰러진 내 그림자에서 고달픈 단내가 난다.

지난가을 제때 날이 저물고, 노을빛 산감이 아직 빛의 잔영이 남아 있는 그림자 위로 문득 떨어지면 퍼뜩 허망한 삶의 백일몽에서 깨어나곤 했다. 삶은 한바탕 꿈이나 그나마 백일몽이었던 것이다.

그 가을, 내면의 세계만큼이나 축축했던 그림자를 기억한다. 지난 겨울, 눈보다 더 깨끗해 보이던 눈 위의 내 그림자 앞에서 회개하던 일들을 기억한다. 두 팔을 벌리고 노을을 기다리다가, 이윽고 노을이 내 그림자를 불태우면 나는 십자가 화형을 당하는 순교자처럼 황홀했다.

봄은 또 어떠했던가. 해가 수월히 지고 해 따라 내 그림자도 편히 저물던 지난봄, 내 몸에서 그림자가 빠져나가면 상념의 무기형에 처해진 나의 형량이 감형된 듯 마음이 가벼워졌었다.

해 질 무렵 새순 같은 바람이 불 때, 내 순한 그림자가 막 지나온 가로수의 가슴을 부드럽게 훑는 소리를 들으며 걷는 산책길의 정취는 또 얼마나 좋았던가. 태양은 순순히 지고 모든 그림자들은 순조롭게 저물던 나날이었다.

그러나 이제 한여름, 독하게 버티며 지지 않는 해가 내 그림자에서 최후의 한 방울마저 징발해 간다. 축축했던 내면과 뭉클했던 회개와 부드러웠던 상념의 정취도 모두 징발해 간다. 모든 것을 빼앗긴 내 그림자가 밤새 여죄를 추궁당한 무기수의 건조한 웃음처럼 푸석거리며 부서진다. 푸석거리는 내 그림자는 더 이상 사물의 세계와 나 사이의 완충재가 아니다.

이 여름 나는 불타는 세계와 직접 충돌하며 말라붙은 내면이 쩍쩍 갈라진다. 마주 보는 거울처럼, 여름과 여름이 마주 보며 끝없는 자기 복제 속에 스스로를 가둔다.

여름이 여름을 구금하고 나서 다시 나와 내 그림자를 구금한다. 이미 나는 여름의 무기수거늘 이 여름은 더 무엇을 추궁하려 드는가.

언제 여름도 저물고, 해도 저물고, 내 그림자도 저물려는지, 모든 것이 순순하지 못하고 그저 피로하기만 하다.

평온한 어둠의 주파수를 잃고 대낮을 떠도는 귀머거리 박쥐의 백일몽처럼, 나의 백일몽이 마냥 피로하다.

개가 나에게

어리석은 놈.

기쁜 소리로 나를 어르며 깨우려 드는구나.

나는 기쁜 소리 따위에 꼬리 흔드는 그런 개가 아니다.

기쁜 소리가 아니라 슬픈 소리가 없어 나는 깊이 잠든다.

어젯밤도 달은 상한 두부처럼 물컹거리고, 별은 고름이 꽉 찬 종기처럼 욱신욱신 빛났다.

먹고 또 먹고, 자라고 또 자라는 기쁜 이 여름에는 들을 만한 슬픈 소리가 하나도 없다.

어미 잃은 고라니 새끼가 홀로 서리태 순 따 먹고 울던 슬픈 소리가 돌아올 때까지 나는 더 깊이 잠들려 한다.

가을이 죽은 것도 아니고 산 것도 아니게 쓸쓸한 눈동자를 달고 오기까지 나는 무심히 잠들어 있을 것이다.

그러므로 나를 깨우려거든 기쁜 소리가 아니라 슬픈 소리를 가져오너라.

너는 기쁨만 알고 슬픔을 모르는 냉정한 직립 인간.

네가 나를 부르면 나는 네 발로 뛰어갔지만, 슬픔을 모르는 너는 내가 부르면 냉정히 두 발로 걸어왔다.

이제 나를 깨우려거든 슬픈 소리를 가지고 네 발로 뛰어오너라.

반갑게 꼬리를 흔들어주마.

한여름 밤의 백일몽

며칠 앓고 난 후, 마당에서

달은 하나님 눈동자, 구름은 하나님 눈꺼풀.

구름이 달을 덮으면 하나님이 눈을 감고, 구름이 지나가면 하나님
이 눈을 뜬다.

하나님이 잠 못 들고 밤새 뒤척인다.

생명이란 어쨌든 끝없이 막막하고 턱없이 쓸쓸한 것.

생명을 낳아놓고 저리도 애태우며 불면하신다.

서둘러 온 노안 탓인지 산허리쯤에서 사람 사는 불빛이 가뭇하다.

어찌할 수 없는 바람은 어찌할 수 있을 것 같고, 어찌할 수 있을
것 같은 저 불빛은 정작 어찌할 수 없다.

역시 생명이란 어쨌든 끝없이 막막하고 턱없이 쓸쓸하다.

산안개에 젖은 불빛이 노루 눈동자처럼 허전하다.

허전한 내 몸도 안개에 젖는다.

여린 나무가 바람 따라 이쪽저쪽으로 몸이 기운다.

야윈 내 몸도 나무를 따라 이쪽저쪽으로 기운다.

그러다 나무가 다시 몸을 세우면 나도 나무 따라 몸을 세운다.

바람과 나무 사이에서 나는 멀미하는 오뚝이처럼 흔들린다.

더운 바람이 지글지글 풀을 볶고 지나간다.

대나무가 바람에 설핏 흔들리더니 날 선 댓잎 그림자가 내 목을
벤다.

뿌리 잃은 나무처럼, 목을 잃은 내 몸이 다시 기운다.

나와 함께 평생 앓아온 내 가난도 따라 기운다.

가난한 것들은 모두 기운다.

가난이라고 쓰면 그 글자도 기운다.

꽃 하나와 놀아도 반나절, 나무 하나와 놀아도 한나절.

나는 평생을 놀아도 내 가난과 다 놀지는 못할 것이다.

논물이 부글부글 끓는다.

논에서 시큼한 밀주 냄새가 난다.

취한 것인지, 다시 앓으려는지, 내가 비틀거린다.

아홉 개의 가을

하늘

하늘이 맑다.
겁먹은 하나님 눈동자가 보인다.
저 맑은 하나님의 허세.

비

비가 맑다.
상심한 하나님의 할복.
곡기 끊은 하나님의 맑은 창자가 쏟아져 내린다.

노을

도처 가을바람이지만, 그래도 꽃 흔드는 건 꽃의 상념뿐.

꽃만이 아는 꽃의 상념뿐.

골목길도 저만이 아는 제 상념에 겨워 어둠 속으로 절룩절룩 길을 접고 돌아간다.

하나님도 당신만이 아는 제 상념에 겨워 흔들리는가.

절룩절룩 노을이 온다.

그늘

바람 좋고 볕도 좋으면 그늘도 좋다.

이런 그늘 한쪽이면 덮을 일도, 차낼 일도 없는 딱 좋은 이불.

그늘에 홀려 가던 길을 버리고, 팽나무 그늘 밑 평상 한구석에 몸을 말고 오래 잔다.

지나간 세월의 덧없음에 놀라 벌떡 일어났다가, 다가올 시간의 덧없음에 시든 풀처럼 시름시름 다시 눕다가, 능히 하루를 버릴 만하다.

일기예보

오늘 밤 먹구름 짙고 앞으로 며칠 비 소식.
내 안에 어제 삼킨 초가을 보름달.
오늘 밤 한입, 내일도 한입, 모레도 한입.
오늘 흐려도 내 안의 달밤.
내일 비 와도 내 안의 달밤.
모레 비 와도 내 안은 달밤.

미신

어떤 가을과는 처음부터 끝까지 마음이 맞지 않았고, 어떤 가을과는 처음부터 끝까지 마음이 잘 맞았다.
잘 맞아도, 맞지 않아도, 어차피 가을은 떠나는 것.
나만 가을처럼 남는 것.
소용없어도, 가을이 오면 나는 미신처럼 마음을 믿었다.

바람

집 나온 개처럼 떠도는 바람이 많다.

몰래 나온 개는 곧 집으로 돌아가고, 주인을 물고 나온 개들은 끝까지 떠돈다.

나는 바람을 물고, 바람이 다시 나를 문다.

나와 바람은 영원히 떠돈다.

쓸쓸함

이 가을, 나에게도 추수가 있다면 그것은 오직 완고한 쓸쓸함 뿐.

쓸쓸함, 그 완고한 삶의 양식(樣式).

가을비

새들은 얼마나 슬퍼서, 그토록 높이 올라 눈물을 떨구고 내려오나.

낮에 새들이 일제히 날아올라 울더니, 밤이 돼서야 그 눈물이 떨어진다.

누가 새들은 눈물도 없이 운다 했던가.

비는 새들의 눈물, 새의 슬픔이 멸종하지 않는 한 비는 내린다.

공원에서

모르는 것들

— 내 이름이 뭐게요? 모르죠? 우히히히.

— 장동건이냐?

— 아니요?

— 그럼 원빈이냐?

— 아니요?

— 그럼 장소팔이냐?

— 그게 누구예요?

— 그럼 제임스냐?

— 모르죠? 우히히히.

내가 알 턱이 없다.

그러나 아이는 뜬금없이 나를 찾아와서 제 이름을 묻고 달아난다.

벌써 몇 번째인지 모른다.

아이는 무리와 섞여 놀면서도 나를 자주 힐끗 쳐다본다.

아마 몇 번 더 찾아와서 제 이름을 묻고는 달아날 것이다.

내가 저 아이의 이름을 모르는 한, 내가 저 아이의 이름을 잘못 부르는 한, 아이는 계속 제 이름을 물으러 나를 찾아올 것이다.

바람의 이름도 바람이 아니라서, 비의 이름도 비가 아니라서, 봄의 이름도 봄이 아니라서, 매번 제 이름을 물으러 내게 온다,

내가 알지도 못하는 이름을 내가 잘못 부르기에, 바람과 비와 봄은 다시 온다.

내가 그 이름을 아는 순간, 다시는 나를 찾아오지 않을 것이고, 우리는 영영 이별하리라.

변치 않고 나를 찾아오는 것들은 죄다 내가 이름을 모르는 것들, 내가 그 이름을 잘못 부르는 것들, 내가 모르는 것들이다.

나는 내가 모르는 것들만을 그리워하고, 내가 모르는 것들만이 나를 그리워한다.

노인들

모처럼 빛이 따뜻하여 봄볕이라 할 만하다.

무리도 아니고 홀로도 아닌 간격으로 노인들이 공원 벤치에 앉아

존다.

졸음에 겨워 어설피 감은 눈에 비하면, 앙다문 입은 녹슨 철문처럼 육중하고 단호하다.

새들이 종종 날아오르면 잠귀 밝은 노인들이 그 소리에도 실눈을 뜨고, 애처롭게 새를 바라본다.

새가 높이 날아오를수록 고개가 들리고 입이 벌어진다.

어미 새를 기다리는 배고픈 새끼들처럼 입 벌리고 마냥 하늘만 쳐다보는 저들에게, 새가 싱싱한 봄의 대기를 저마다 한 모금씩 물어다 주기를!

비둘기

평면을 구길 수 있는 힘, 그것이 형이상학의 힘이다.

유리창을 깨뜨리듯 구체를 파괴하는 힘이 아니라, 구체를 구기는 힘, 종이 한 장을 구겨서 평면으로부터 입체를 융기시키는 힘, 그것이 형이상학의 힘이다.

평면을 구겨 입체를 만들 때에만 드러나는 평면의 배후, 그것을 보게 만드는 것이 형이상학의 힘이다.

구겨진 세상을 반듯하게 펴서 명료하게 보여주는 것이 아니라, 오히려 세상을 구기는 힘, 그것이 형이상학의 힘이다.

세상을 파괴하지 않고 구기는 힘, 평면을 파괴하지 않고 배후의 입체를 융기시키는 힘, 그것이 형이상학의 힘이다.

일상의 구체를 산산이 파괴하고픈 충동을 머뭇거리게 만드는 힘, 머뭇거림의 힘이 형이상학의 힘이다.

자꾸 머뭇거리며, 자꾸 구기며 일상의 입체를 만들고 배후를 만드는 힘, 그것이 형이상학의 힘이다.

산산이 부숴버리면 배후는 영원히 사라진다는 것을 아는 힘, 진리는 거짓을 산산이 부숴버리는 것이 아니라, 거짓을 구기고 또 구겨서 거짓의 배후를 드러내는 것임을 아는 힘, 거짓을 부술 수 있다고 냉큼 부숴버리거나 진실을 알 수 있다고 냉큼 진실의 정체를 밝히는 대신, 언제나 그 배후를 생각하며 머뭇거리는 힘, 가능한 것을 무한히 뒤로 연기하고 가능성의 배후를 생각하는 힘, 그것이 형이상학의 힘이자 미덕이다.

비둘기가 바닥을 쪼다가 제자리에 멍하니 서기도 하고, 제자리를 빙빙 돌기도 한다. 부리 앞까지 다가가도 나는 듯, 마는 듯 살짝 비켜난다. 극심한 두통이거나 치매를 앓는 것처럼 보인다.

떼 지어 날아다니는 참새에 비하면 비둘기는 비행을 잊은 듯 철저히 무능해 보인다. 그러나 무능력은 능력의 좌절이 아니라 능력을 낭비하지 않는 우아한 힘이라는 것을 비둘기는 알고 있다.

비둘기는 날 수 있다고 바로 날아가는 참새와 달리 비행을 낭비하지 않는다.

날 수 있다고 바로 나는 참새처럼 비행의 배후, 가능성의 배후를 파괴하지 않는다.

비둘기는 날 듯 말 듯 머뭇거린다.

비행의 가능성을 연기하고, 지상에서 날개를 구기고 또 구기며 비둘기는 머뭇거린다.

머뭇거리며 비둘기는 비행의 배후를 쫀다.

누가 형이상학의 힘으로 머뭇거리는 비둘기를 우습게 보랴.

할 수 있다고 냉큼 세상을 창조한 신보다 비둘기는 더 우아하다.

제3부

불가촉천민

편의점에서

원 플러스 원

계란 한 팩을 샀더니 1+1이라고 하나 더 가져오시란다.

— 한 알이요?
— 네?
— 한 알 더 가져오라고요?
— 네??

황당함과 한심함이 섞인 편의점 직원의 표정을 보자니, 스스로 내가 딱하다는 생각이 든다.

설마 한 알을 더 주겠다는 것이겠는가.

이 얼마나 없어 보이는 질문이란 말인가.

남부럽지 않게 없이 살더니 말마저 없어 보이게 한다는 자괴감이 밀려든다.

그런데 직원 표정이 점점 심각해지더니, 계산대에서 나와 계란 진열장으로 가서는 이것저것 살펴보기 시작한다. 그 얼굴에 당혹감이 역력하다. 내 말을 듣고 보니 자기도 순간 한 알인지, 한 팩인지 확신이 안 서는 모양이다.

그럼 그렇지! 한 알이면 몰라도 어떻게 한 판을 더 줄 것이며, 준다고 그걸 또 염치도 없이 넙죽 받아올 수 있겠는가. 상도의가 있지!

나는 순간 의기양양해진다.

— 한 알 더 주는 거 맞죠?
— 아, 지금 확인 중입니다.

직원이 계산대에서 진열장으로, 진열장에서 다시 계산대로 이것저것 꼼꼼히 살펴가며 확인에 확인을 거듭한다. 한 알인데, 지금까지 한 팩을 더 준 것은 아닌가 하는 불안감에 휩싸인 표정이다. 나는 그것 보라는 듯 목에 힘을 주고 사실 확인에 들어간다.

— 한 알이 맞죠?
— 아뇨! 한 팩입니다!!

직원이 나를 빤히 쳐다보더니 계란 한 팩을 던지듯 건네주고 퉁명스레 대답한다.

어쩜 그렇게 바보 같은 생각을 진지한 표정으로 말할 수 있느냐는 나무람이 깃든 표정이고, 순간 바보에게 속아 어처구니없는 마음고생을 한 것이 억울해 죽겠다는 표정이다.

우여곡절 끝에 계산대에 서서 카드를 건넨다. 확신을 되찾은 계산이 일사천리다.

그래도 나는 여전히 이 터무니없는 1+1이 믿기지 않는다. 그리하여 봉투를 건네받기 전에 한 번 더 진지하게 묻는다.

— 한 알이 아니고요?
— 2+1도 있습니다.
— 네? 세 팩이나요? 세 알이 아니고요?

직원이 더 이상 할 말이 없다는 듯, 험한 세상에 등 떠밀어 내보내는 세상물정 모르는 아이를 보듯, 나를 딱하게 쳐다보다가 시선을 돌린다.

아, 내가 너무 없이 살았다.

이 헤픈 세상에서 나만 너무 없이 살았다.

도대체 나는 얼마나 없이 살았기에 이렇게 초현실의 가난을 살고 있는 것인가.

동병상련

동네 편의점에서 이것저것 사고 계산하는데 백 원을 깎아준다. 사장님이 직접 계산대를 지키는 날에는 종종 있는 일이다.

— 주신 책은 잘 읽고 있습니다. 작가한테 직접 책 받아보기는 난생처음입니다.

— 저도 편의점 잘 이용하고 있습니다. 물건 값 깎아주는 편의점 사장님은 난생처음입니다.

— 책은 잘 나가지요?

— 판매 부수라고 하기에도 부끄럽지요, 뭐.

책 사정을 물으니 나도 편의점 사정을 아니 물을 수 없다.

— 장사 잘되지요?

— 매출이라고 하기에도 부끄럽지요, 뭐.

— 그래도 늘 북적이던데요.

— 남는 게 없네요.

— 저도 남는 게 없네요.

— 책도 이문이 박한가요? 동병상련이네요! 많이 팔리면 뭐 합니까, 남는 게 없는데! 어떨 때는 참 억울합니다.

— 동병은 맞는데 상련은 아니네요.

— 네?

— 저는 아예 책이 안 팔려서 남고 말고 자시고가 없습니다.

— 억울하지는 않으시겠습니다.

— 제가 복이 많지요.

편의점은 겨울이 비수기다. 겨울 다 가고 매출이 오르는 봄이 멀지 않았으나, 그러면 또 뭐 하겠나. 봄은 봄대로 억울할 것을.

그리고 보면 사시사철 억울할 일 없는 나는 얼마나 속 편한 놈인가. 참으로 내가 복이 많다.

나는 나의 삶의 원칙이, 그는 그의 원칙이 있을 것이고, 우리는 서로를 잘 모른다. 그러나 무슨 상관이랴. 세상 모든 원칙 이전부터 있었던 인간의 섭리 안에서, 우리는 서로를 모르고도 동병상련으로 다정하다.

산수

담배는 4,500원, 나는 오천 원짜리 지폐 위에 오백 원짜리 동전을 고이 얹어 도합 5,500원을 낸다. 혹처럼 귀찮은 주머니 속 동전을 떼버릴 심산이다.

유니폼보다는 모시 한복이 더 근사하게 어울림 직한 연세의 주인

장이 내 심산을 알아채고 나 들으라는 듯 혼잣말을 한다.

— 요새는 다 이 모양으로 돈을 내데? 산수 짧은 늠은 장사두 허지 말라는 거여, 뭐여? 나야 그려두 산수가 진(긴) 편이라 까딱없지만 서두.

산수가 길다더니 아닌 게 아니라 입으로는 불평을 해가면서도 손은 신속하고 정확하게 거스름돈을 내어주는데, 오백 원짜리 동전 두 개다.
혹 떼려다 혹 하나를 더 붙인다.
주인장은 산수가 길고, 나는 생각이 짧았다.
사는 꼴이 늘 그러하여 그러려니 하지만, 그래도 그렇지.
이런 낭패가 있나.

불가촉천민

텃밭에서

― 하이고, 뭐 이런 걸! 저희들까지 신경을 다 써주시고! 인품이
아주 고매하십니다.

느닷없는 땡볕에 놀라 기죽은 상추밭 물을 주다가 주변 잡풀이 안
쓰러워 나눠 먹였다.
그랬더니 이놈들이 바람도 없는데 살랑살랑 고개를 흔들어가며
제법 격식 갖춘 인사를 건넨다.
허, 이놈들 봐라.
나도 몸을 배배 꼬아가며 격식을 차려 답례한다.

― 하이고, 뭐 대단한 거라고 그런 격조 높은 인사치레까지! 저도
하나님이 버린 세숫물이나 받아먹고 자란 출신입니다. 인품을 논하
시니 비루한 출신이 그저 부끄럽습니다.

텃밭 구석 닭장에서 닭이 홰를 치기에 가보았더니 알을 낳았다.

열흘 만이다.

내가 그동안 닭장 앞에서 어지간히 알을 보자, 알을 보자, 노래를 불러댄 모양이다.

알을 낳았다고 홰치는 도도한 소리가 딱 '뭐 그게 어려운 일이라고!'쯤으로 들린다.

나는 열흘 넘게 단 한 줄을 못 쓰고 있다.

이번에는 닭이 내 창가에서 노래를 불러댈 일이다. 글 낳아라, 글 낳아라, 한 열흘 노래나 불러주면 나도 시 한 편 들고 가 닭장 앞에서 홰치듯 읊고, '뭐 그게 어려운 일이라고!' 고개를 빳빳이 들 수 있으리라.

아는 동생의 시골집에서 보름을 작정하고 머무는데, 일주일이 지나도록 오고가는 이가 없다. 그래도 상추밭에서 반나절 후딱, 닭장 앞에서 반나절 후딱 어찌나 혼자서도 도합 한나절을 잘 노는지 스스로 생각해도 대견해 죽을 지경이다,

옆집 이장 어머님이 보시면 상추밭에서 누구와 저리도 다정한가 궁금해하시다 결국 '미쳤구먼?' 하실 노릇이다.

그러시거나 말거나!

성당 앞에서

십자가

한 번도 밟아본 적이 없는 나와 당신의 그림자가, 비굴하게 서로의 발 아래로 기어들어 간다. 나와 당신의 다리는 검은 못이다. 검은 못에 못 박힌 서로의 사지를 질질 끌고 다니다 버리고 떠난다.

성당 앞 십자로에는 부활의 약속도 없이 바닥에 드러누운 십자가가 지천으로 버려져 있다.

친구

버스 종점에서 내려, 쉬지 않고 삼사십 분 산길을 걸어 오르면 친구 집이었다.

어릴 적 다락방에서 보면 정체 모를 불빛이 그립고 아련하게 가물거리던 먼 산, 우리 동네 아이들이 질리게 가지고 놀다 냉정하게 줄을 끊고 작별을 고한 연들이 날아가 묻히던 연의 무덤, 바로 그 산에 내 친구가 그의 어머니가 무허가 집을 짓고 개를 길러 먹고 살았다. 산 아래까지 개들이 허기에 독이 올라 맹렬히 짖는 소리가 요란했다.

친구는 집에 도착하자마자 개밥을 퍼주고 나서, 방으로 들어가 잠들어 있는 어머니를 깨웠다. 그녀는 늘 자고 있었다.

— 나 갓난아기 때 밀린 잠이래. 내가 울어도 못 들으니까. 내가 죽어서 아무 소리를 못 내도 모르니까. 걱정이 돼서 수시로 살펴보느라 눈 붙일 수가 없었대.

그녀는 듣지도 못했고 말도 못 했다.

— 개장수가 우리 집 개는 잘 안 사가. 말랐다고. 이렇게 기르면 살 안 찐대. 제때 밥을 안 줘서. 밥 달라고 짖어도 엄마가 못 들으니까.

개밥을 주고 나서 친구는 교복을 입은 채 사다리를 타고 지붕에 올랐다.

망치 소리와 나무에 못 들어가는 소리가 들리기 시작하면, 나는 무료하게 집 주위를 홀로 뱅뱅 돌며 친구가 내려오기를 기다렸다.

집은 무너지고, 기울고, 그리고 제멋대로 자라고 있었다.

친구의 솜씨로 보이는 수선의 흔적들이 어찌나 무계획적이고 임시방편이었던지, 내 눈에는 성질머리 고약한 집이 제멋대로 자라는 것처럼 보였다.

뒷마당에는 용도를 알 수 없는 물건들이 방치되어 있었고, 그 위로 잡풀이 무성했으며, 뒷마당과 산의 경계에 전기를 도둑맞던 전봇대가 잘린 전선을 매달고 서 있었다.

친구의 아버지는 전기를 훔쳐 쓰다가 단속반에 걸려 곤욕을 치른 후, 시도 때도 없는 벌금 독촉과 모욕에 시달리다 화병으로 돌아가셨다고 했다.

친구 아버님 역시 어머니처럼 듣지도 못하고 말도 못 했다.

— 그건 아버지가 뻥이요 장사할 때 쓰던 물건들인데 고물상에 팔려고 해도 여기까지 올라오려고 하지를 않아서 그냥 묵혀두고 있어. 네가 끌고 내려가서 팔아먹든가?

친구가 지붕에서 나를 내려다보며 씩 웃었다.
올려다본 친구 머리가 구름 위로 우뚝했다.

— 지붕은 거의 고쳐가?
— 장마 전까지는 고쳐놔야지.
— 엄마가 못 올라가게 하지는 않으시고?
— 위험하다고 난리 나지! 몰래 올라가야 해.

— 너 지금 지붕에 올라간 거 보시면 난리 나겠네.

— 올라갈 때 걸리면 그런데 올라가서 걸리면 별일 없어.

— 그래?

— 나 말고 누가 고칠 사람이 있어야지.

— 응.

— 내려가면 또 난리지. 다시는 올라가지 말라고.

지붕에서 다시 못 치는 소리가 들렸다. 뒷마당에서 잘게 부서져 있는 전구 파편이 반짝였다.

문득 어릴 적 내가 다락방에서 보던 정체 모를 먼 불빛의 잔해가 이것이었나 하는 생각에 골몰할 때쯤, 친구가 지붕에서 내려오며 불쑥 물었다.

— 넌 내년에 인문계 갈 거지?

— 응.

— 너는?

— 난 아버지 다니시던 공장 나가려고.

— 뭐 하는 공장인데?

— 이것저것 만들어, 그다음은?

— 뭐가?

— 내년에 인문계 가고 그다음은? 대학?

— 너는?

— 신부님.

— 신부님?

— 응. 신부님 되려고.

신부님이 되겠다던 친구는 공장을 다니다가 군대에 갔고, 제대하고 나서 공사장에서 일하다 실족사로 세상을 떴다.

세상을 뜨기 몇 년 전, 그러니까 내가 징역 후유증으로 고향집에서 앓고 있을 때 친구가 찾아온 적이 있었다.

친구는 그때도 내게 물었다.

— 다음은? 징역 다음은?

친구여.

다시 한번 내게 물어봐 줄 수는 없겠는가.

그대가 다음은, 다음은 물을 때면 나는 참 좋았다네.

절망적인 현실도, 불확실한 미래도 아무 상관없이 좋았다네.

아무 근심 없이 참 좋았다네.

수녀님

성당 앞 병원에서 진찰을 받고 나서 수녀님을 뵈러 간다. 만성통

증에 시달리는 내 어깨가 딱하다고 수녀님이 소개해준 병원이다. 수녀님은 나를 보자마자 진찰 결과를 묻는다.

— 병원에서 뭐래요?

— 안 좋다고 하네요.

— 어떻게 안 좋대요?

— 무척 안 좋다네요.

— 어디가요?

— 어깨요.

— 그건 나도 알죠! 그러니까 구체적으로 어깨 어디가요?

— 아…… 그러니까 그게.

— 모른대요?

— 혹시……

— 혹시? 혹시…… 회복이 어려울 수도 있대요?

— 혹시…… 어깨 어딘가 아닐까요?

— 네? 아…… 네…… 그렇겠죠.

— 네……

— 어떻게 아프다는 얘기는 의사한테 자세히 했고요?

— 네.

— 뭐라고 말했는데요?

— 많이 아프다고 했지요.

— 그건 나도 알죠! 내 말은 어디가 어떻게 아프다고 자세히 말했

냐고요.

— 그럼요.

— 뭐라고 했는데요?

— 어깨가 많이 아프다고 했죠.

— 아…… 네…… 그랬겠죠.

— 네…….

내가 대답을 해놓고도 스스로 참 허탈하다.

병원까지 소개해주신 수녀님께 나는 부연설명의 의무가 있다.

— 잘은 모르지만…….

— 뭐를요?

— 어깨 통증이요.

— 어깨 통증이 왜요?

— 예를 들자면…….

— 예를 들어요? 뭐를요?

— 어깨 통증이요.

— 어디 한번 들어보세요.

— 예를 들자면…… 그게…… 어떤 거냐면…….

— 예를 들자면?

— 아무래도…… 예를 들 게 없네요…….

— 아…… 네…… 아무래도 그렇겠지요…….

— 네…… 그렇네요…….

부연설명까지도 그만 허탈하다.

사실 이제 어디가 아픈지, 어떻게 아픈지 콕 집어 말하기도 힘든 나이다. 젊어서 멋대로 살았더니 몸이 멋대로 아프다.

수녀님은 걱정인데 정작 나는 담담하다. 지은 죄가 있어 멋대로 까부는 몸을 딱히 나무랄 염치도 없다. 그냥 그러려니 지켜본 지 한참인 것이다.

아버지 꿈

할수록 허탈한 어깨 얘기에 겸연쩍어할 무렵, 수녀님이 돌아가신 아버지 얘기를 꺼내신다.

— 작가님 선친께서 제 꿈에 오셨더라고요.
— 아버지가요?
— 네. 신기하죠?
— 신기하네요, 아무튼 초대해주셔서 감사합니다.
— 초대 안 했는데 막무가내로 오셨어요.
— 아! 제가 대신 무례를 사과드립니다. 경우 없는 일은 평생 안 하셨던 분인데.

— 막무가내로 오셨지만 경우 없지는 않으셨어요.

— 뭐라시던가요?

— 아무 말씀이 없으셨어요.

— 그래요?

— 아무 말씀 없이 성당에서 기도하다 가셨어요.

— 무슨 기도요?

— 수녀가 기도 엿듣는 거 보셨어요?

— 아무 말씀 없이 기도만 하시고 그냥 가셨나 보네요.

— 전 했어요.

— 네?

— 전 아버님께 한마디 했다고요.

— 뭐라고요?

— 작가님께 수녀 그만 놀리라고 꼭 전해달라 부탁드렸어요.

— 그랬더니요?

— 끄덕끄덕하시던데요?

— 소용없을 텐데.

— 왜요? 아버님이 거짓말하실 분은 아니잖아요. 저 계속 놀리시게요?

— 그게 아니라 제 꿈에는 안 오시거든요.

— 정중히 초대하셔야지요. 작가님이 아버님께 지은 죄가 어마어마하잖아요?

— 그런 게 아니고요.

— 그럼요?

— 제가 피하거든요.

— 안 뵙고 싶으세요?

— 뵙고 싶죠.

— 그런데 왜.

— 무서워서요.

— 아버님이요?

— 네.

— 작가님도 무서운 게 있어요? 그렇게 막 사시면서?

— 네.

— 지금 저 놀리시는 거죠?

— 아니요.

— 정말 무서워요?

— 다시는 내 꿈 꾸지 말라고 냉정하게 말씀하실까 봐 겁이 납니다.

아버지께 다시는 보지 말자고 냉정하게 말한 적이 있다. 그때 아버지는 너는 무서운 게 없냐고 물으셨다. 나는 그렇다고 대답했다,

그러나 지금은 아니다. 당신 아들이 겁쟁이가 되었다는 사실을 아버지도 아셨으면 좋겠다.

한계

얼마 전 수녀님으로부터 인터넷이 먹통인데 어쩌면 좋겠느냐는 연락을 받았다. 아주 단순하지만 가장 강력하고 효과 만점인 방도를 알려드렸다.

— 단말기 전원을 껐다 켜시면 됩니다.
— 아, 그래요?

잠시 후, 수녀님으로부터 연락이 왔다.

— 이제 됩니다. 신기하네요!

그러게 말이다. 참으로 신기한 일이 아닐 수 없다. 사람이 사람의 한계를 극복하고자 만든 기계가 하는 짓이 어쩌면 이렇게 인간과 똑같은가. 인간 한계를 극복하고자 하는 욕망의 구현체인 첨단화 기계가 인간의 속성을 빼다박았다.

내내 정해진 대로, 시키는 대로 잘 움직이다가 까닭 없이 어깃장을 놓으며 오작동하는 것도 닮았고, 자고 일어나면 멀쩡해지듯 껐다 켜면 오작동을 멈추고 멀쩡해지는 것도 닮았다.

어디 그것뿐인가.

자고 일어나도 몸이 정상으로 돌아오지 않으면 배를 가르고 속을 뒤집어봐야 하듯이, 기계도 껐다 켜는 일이 무소용이면 급기야 나사를 풀고 해부에 들어가야 하는 것도 똑같다.

기계가 창조자인 인간의 속성과 한계를 닮는다면, 피조물인 인간도 창조주인 신의 한계를 닮는 것은 아닐까.

피조물인 인간이 자신의 한계를 극복하고자 하는 창조주 신의 욕망이 실현된 존재라면, 그 욕망이 강렬하면 할수록 인간은 신의 한계를 더욱더 분명하게 드러내게 되는 것은 아닐까.

문득 그때의 일이 떠오르면서 이런저런 생각이 일어 수녀님께 물었다.

— 인터넷은 잘 되나요?
— 가르쳐주신 대로 껐다 켰다 해요.
— 그런데요, 수녀님.
— 네.
— 하나님의 한계는 대체 무엇일까요?
— 네?
— 우리의 한계가 하나님의 한계일 텐데, 그게 뭘까요?
— 글쎄요…….
— 그러게요…….

봄비 내리고 나니 황사가 걷히고, 봄이 새로 태어난 듯 온통 맑다.
봄이 창조하는 봄, 봄의 한계는 무엇인가.

성당 앞에서

염불

땡볕 염불

땡볕에 다 익는다.

다 익으면 껍질이 벗겨지고, 삼라만상의 전생이 훤히 드러난다.

푹 삶아진 바람에서 돼지비계 비린내가 난다.

바람은 전생이 돼지다.

다 익은 꽃에서는 묵은 지린내가 난다.

꽃은 전생이 금 간 요강이다.

자작자작 타는 자작나무에서 누린내가 난다.

저놈은 전생이 황소 도가니다.

까맣게 구워진 무쇠 종에서는 고순 내가 난다.

저놈은 전생이 깨진 참기름 병이다.

그나저나 스님은 법당에 앉아 뭔 염불을 저리 하시나.

불가촉천민

— 스님! 염불만 말고 좀 나와보시오!

— 익을 일 있소?

우리 스님은 눈치도 빠르시지.

그런다고 내가 스님 전생을 모를까.

땡볕 열기에 끈적끈적 늘어지는 스님 염불 소리.

스님은 전생에 내가 훔쳐 먹은 갱엿이로다.

하나 마나 염불

꽃들은 피고 나서 할 일이 없고, 비는 그치고 나서 할 일이 없고, 해는 뜨고 나서 할 일이 없고, 새는 날고 나서 할 일이 없고, 개는 짖고 나서 할 일이 없고, 나는 밥 먹고 나서 할 일이 없고, 염불하고 할 일 없는 스님은 또 염불하신다.

좋구나! 하나 마나 염불 소리.

저런 염불이 진짜 염불이지.

거반 염불, 거반 상념

홀연 잠들었다 염불 소리에 깼다.

마당에 나서니 거반 낮이고, 거반 밤이다.
염불 마친 스님과 마주치자 다짜고짜 하문하신다.

— 처사! 절이 좋아? 성당이 좋아?
— 둘 다 아닙니다.
— 그럼?
— 그저 가는 길이 좋습니다.
— 그럼 절 가는 길이 좋아, 성당 가는 길이 좋아?
— 둘 다 아닙니다.
— 그럼?
— 그저, '그저'가 좋습니다.
— 그럼 그저 절이 좋아, 그저 성당이 좋아?
— 그저 그런 절이 좋고, 그저 그런 성당이 좋습니다.
— 내 염불 소리는 들을 만해?
— 좋지요.
— 내 염불이 그저 그렇단 말이군.
— 얼마나 좋은지 들으면 무시로 잠이 솔솔 옵니다.
— 초저녁잠 핑계로 염불을 끌어대는 경지가 거반 승(僧)인데?
— 뜬금없이 절이냐 성당이냐 묻는 스님 경지가 거반 속(俗)입니다.

초저녁잠을 푸지게 잤으니 이 밤은 또 얼마나 뒤척이려나.
스님은 거반 염불로 밤을 새우고, 나는 거반 상념으로 밤을 새울

불가촉천민

것이다.

거반 염불이고 거반 상념이고 거반 땀에 전 색신이 끈적일 터.

속히 거반 여름, 거반 가을이면 좀 좋으랴.

산책에 대하여

경(經)

함부로 뒹구는 소주병에 들러붙은 쓸쓸한 지문, 촛불 전구같이 은은히 빛나는 목련꽃 봉오리, 변이나 획 하나가 날아가버린 낡은 문패, 푸석하게 떨어져 나간 시멘트 담벼락의 모서리, 창 안쪽으로 흐르는 창의 눈물, 철 지난 홑겹 커튼의 주름 위로 어른거리는 굴곡진 사람의 그림자, 상호(商號)의 흔적조차 삭아버린 간판을 달고 허물어져가는 건물들, 그 사이로 난 골목길 입구에 걸린 어느 초상집의 조등, 우연히 이어지는 길과 맥락 없이 드러나는 풍경들의 도타운 정취, 그것을 어찌 필연이나 법칙 따위의 경박한 경향성에 비하랴.

모든 것은 '흔적 없이' 사라지지 않는다는 잠언 따위를 비웃으며 '흔적 없이도' 너끈히 사라지고 있는 것들 사이를 걷는다.

역류한 숨소리가 귓속에서 회오리치고, 그 회오리가 이러저러한

기억과 기억의 정교한 교신을 무력화시킬 때까지 걷는다,

무쇠 공 같은 침묵과 함께 걷는다.

바다에 떨어진 무쇠 공이 찰나 부글거리는 수면 위 기포가 꺼지기도 전에 심해 바닥에 가부좌 틀고 앉아 단호하게 녹슬어가듯, 단호하게 침묵하며 걷는다.

절대 길보다 먼저 지치지 않고, 길이 길로 존재하는 길의 피로함에 지쳐 쓰러질 때까지, 쓰러진 길 위로 비로소 의미보다 명료한 무의미들이 별빛과 함께 내려앉을 때까지 하염없이 걷는다.

그렇게 걷다 보면 내가 사물을 지나쳐 가기 전에 사물이 먼저 나를 버린다.

나는 나를 버릴 수 없으나 사물은 나를 버린다.

내가 나를 버리는 일에 번번이 실패한 날, 번번이 내 손으로 나를 구원하는 날, 내가 나를 구원할 수 없는 곳으로 길이 나를 안내할 때까지, 스스로 구원할 수 없는 곳에서 나의 심연을 직면할 때까지 걷는다.

내가 나를 버릴 수 없어 통과하지 못했던 나를, 나는 사물에게 버림받아 비로소 통과한다.

그런 구원의 역사가 이루어질 때까지 기도하듯 걷는다.

갈 바를 모르고, 기댈 곳 하나 없는 고아의 척추처럼 쓸쓸히 서서 걷는다.

끊기는 법도 없고, 그렇다고 풀리는 법도 없는 실타래 같은 길을 걷는다.

산책에 대하여

인생이 어찌 엉킨 실타래를 풀고 가는 것이랴.

인생이란 낡은 한 올의 실이 되어 엉킨 실타래 속으로 감겨 들어
가는 것, 감겨 들어가 종적을 감추는 것이다.

내가 길 속으로 감겨 들어가 종적을 감출 때까지 걷는다.

산책은 완고한 비관주의자의 경전과도 같은 것.

모든 말이 다 실패해도 산책이란 말은 결코 실패하지 않는다.

율(律)

떠돌아도 절대 바람과 연애는 하지 않는다.

바람의 혀처럼 뜨거운 것이 없어서, 입이라도 맞추는 날이면 입천
장이 남아나지 않는다.

갈팡질팡 걸어도 함부로 낙엽을 밟지 않는다.

저것들이 다 나무가 뱉어낸 죽은 허파라지만 행여 밤비에 젖어 다
시 살아나, 철모르는 개구리처럼 별 보며 울지도 모를 일이다.

성가셔도 가지와 가지, 벽과 벽, 처마와 처마 사이 거미줄은 절대
끊지 않는다.

저 줄의 장력이 없다면 기울어진 지구에서 무엇 하나가 똑바로 서
있을 수 있겠는가.

불가촉천민

론(論)

감각의 세계가 열려도 절대 감각을 포식하지는 않는다.

감각을 마구 먹어치우는 감각의 포식자들은 감각의 정취를 모른다.

감각에서 한 발짝 떨어져 나와 감각하고, 감각의 살을 취하는 대신 그 냄새만을 맡는다.

감각의 정취를 맡는 것, 그것이 형이상학이다.

감각의 포식자들은 형이상학의 길을 걷지 못한다.

형이상학 없는 감각의 포식은 통찰의 내공으로 전환하지 않는다.

그것은 내부 비만에 불과하다.

스님께

권주

새는 느리게 날고 개는 순하게 짖습니다.

오늘 내가 아는 건 이게 전부인데, 그것만으로도 봄인 줄 알겠습니다.

낮에 과일 행상이 골목 지나는 소리를 들었습니다.

그때 차에서 굴러떨어진 것인지, 골목에 버려진 적막한 과일 향을 맡습니다.

부패하는 몸에서 어떻게 저런 적막한 향기가 나올 수 있는 것인지 경이롭습니다.

언젠가는 터지고 갈라져 썩어갈 내 몸에서도 저토록 적막한 향기가 나오길 기도합니다.

달빛은 조등(吊燈)처럼 맑고, 골목 바람은 신들의 상념처럼 달콤합니다.

집마다 이승과 저승으로 순순히 드나드는 통로처럼 창문이 적당한 틈으로 열려 있습니다.

생(生)에 대한 비루한 편애와 사(死)에 대한 가혹한 혐오가 죄다 무색한 밤입니다.

이런 봄밤에 무엇이 두렵겠습니까.

지금쯤 암자 뒷마당 맑은 빗물 고인 웅덩이로 목련이 지고, 그 위로 달빛이 떨어지면 웅덩이마다 부글거리며 목련주 익는 소리가 들리겠습니다.

그 위로 순순한 바람이 스쳐 가면 술 익은 단내가 코를 찌를 터, 주거니 받거니 권주가 생각이 간절합니다.

이런 봄밤에 무엇이 두렵겠습니까.
대취해도 좋을 것입니다.

합장.

초저녁잠

창으로 드는 바람이 서늘하고 가벼워서 누워 눈 감고도 비 그친

줄 알았습니다.

어설프게 잠들고 어설프게 깨고 나서는 까닭 없이 억겁을 찰나에 산 듯 허전하고, 아직 돌아오지 않은 시공간 감각 탓에 '이게 다 뭔가' 싶게 나와 이 세계가 어설프기만 합니다.

어설픈 채 이대로 세상이 소멸하는 것은 아닌지 불안하기만 하여 창밖을 내다봅니다.

세상은 안전합니다.

세상의 안정을 확인하고 나서야 어설픈 초저녁잠이 만족스러운 헛소리처럼 흡족합니다.

나무와 나무 사이로 난 길이 보입니다.

나의 생성과 소멸도 마주 보는 두 그루의 나무와 같은 것, 때가 오면 내가 그 사이로 길을 낼 것이고 바람이 무심히 지나갈 것입니다.

요새는 금 간 벽만 봐도 갑자기 쑤시는 옆구리를 쓸쓸히 어루만지게 됩니다.

내가 모르는 어느 먼 곳에서, 내가 모르는 어떤 하나님이 금 간 나를 보며 문득 당신의 옆구리를 어루만질지도 모르겠습니다.

요즘은 꽃 피고 지는 것보다, 내가 모르는 곳에서 내가 모르는 사람들이 나 모르게 피었다 지는 일이 더 슬픕니다.

땅에 스며든 빗물이 다시 흘러나오듯, 나도 내가 모르는 누군가의 피고 지는 몸으로 스며들었다 다시 흘러나오고 싶습니다.

불가촉천민

스며든 그곳이 누군가의 어두운 슬픔이라서, 내가 그 어둠과 슬픔을 데리고 나와 흐르면 더욱더 좋겠습니다.

그렇게 흘러나와 골목을 맑게 적시고, 그리하여 집으로 돌아가는 사람들의 발소리가 목련꽃보다 더 명랑했으면 좋겠습니다.

합장.

모기

모기의 계절입니다.

모기에 대해 말하자면 저는 두 가지입니다.

우선은 모기가 한 일억 마리쯤 동시에 나에게 들러붙어 일억 방을 쏘고 일억 모금 피를 빨아 창졸간에 나를 죽여놓고 날아가는 것입니다.

그렇게 날아간 놈들이 단 한 쌍의 짝도 짓지 못하고, 쌍을 짓더라도 단 한 번의 교미도 없이 가을바람에 우수수 떨어져 죽었으면 하는 것입니다.

그리만 된다면 그것이 내가 그토록 꿈꾸던 나 같은 몹쓸 종자의 유전 없는 단종이요, 떠돌이의 종적 없는 문전 객사가 아니겠습니까.

그러나 세상사 뜻대로 되는 일 하나도 없음을 감안할 때, 정반대의 예기치 못한 사태에 대한 걱정이 나머지 하나입니다.

만약 일억 마리 중 한 쌍이라도, 한 교미라도 살아남아 알을 낳고, 그 알 가운데 단 하나라도 부화하여 부화한 한 마리가 다시 교미를 하고, 다시 알을 낳고 다시 부화하고, 그렇게 단 한 마리가 일억 마리 가 되고, 일억 마리가 십억 마리가 되고, 십억 마리가 새끼 쳐 무한 마리가 되는 일이 없으리라 누가 장담할 수 있겠습니까.

그러는 날에는 사람 족보 대신 모기 족보를 타고 다시 이 몹쓸 종 자의 피가 걷잡을 수 없이 퍼지고 말 것이니, 그리되면 그 모기란 놈 이 반드시 다른 사람의 피를 빨며 내 피를 여기저기 섞어놓을 터, 미 꾸라지 한 마리가 깨끗한 연못을 흙탕물로 더럽히듯 이 몹쓸 종자의 피가 세상을 더럽히는 낭패를 피하지 못할 것입니다.

그것은 결코 내가 바라는 바가 아닌 것입니다.

그래서 나는 모기가 팔뚝에 앉아 바늘로 찔러가며 피 간을 볼 때 도 죽이지도 못하고 살리지도 못하고 그저 전전긍긍입니다.

스님은 올여름 모기를 어찌하시렵니까.

모기가 스님 혈관에 바늘을 꼽고 간을 볼 때, 부디 스님 피 따라 해탈이 흐르기를 빕니다.

번뇌가 흐른다면 이야 마땅히 때려 죽여야 할 것입니다.

부디 살생을 면하소서.

합장.

부슬비

하늘은 화살 같은 빗줄기를 계속 퍼붓고, 대지는 함락이 임박한 성처럼 지쳐 있으나 완강하게 버팁니다.

나는 임박한 입성을 예감하며 지난했던 전투의 여정을 떠올리는 공성 장수의 호연지기와, 무자비한 공격을 견뎌내며 끝끝내 수성을 다짐하는 장수의 비장미를 동시에 느낍니다. 가학과 자학을 동시에 느낍니다.

그런 소나기는 종일 내려도 보는 묘미가 있어 지루하지 않습니다. 소나기와 함께 쏟아지는 것이 번뇌면 어떻고 해탈이면 어떻습니까. 함락하고자 하는 것이 번뇌면 어떻고 해탈이면 어떻습니까. 지키고자 하는 것이 해탈이면 어떻고 번뇌면 또 어떻습니까.

그런 소나기가 내리는 날은 그저 장쾌하고 짜릿해서, 둘 다를 능히 잊을 만하여 마냥 좋습니다.

오는 것도 아니고 그친 것도 아닌 비를 보는 날도 있습니다.

하늘은 촉 없는 화살을 쏘고, 대지는 게으르게 참호를 팝니다. 임박한 입성도 아니고 처절한 수성도 아닌 지루한 참호전을 보는 날, 공격의 흥분도 수성의 보람도 없는 날입니다.

그런 날은 모든 것이 시큰둥합니다. 가학도 자학도 없는 무료한 날입니다.

의식은 멀쩡한데 몸이 혼수상태에 빠진 듯 몽롱하여, 그런 날은 아무것도 하고 싶지 않습니다.

부슬비가 암막 커튼을 친 듯 어둡고 밀폐된 대기를 종일 떠도는 날이 있습니다. 어디선가 불길한 짐승 무리가 털갈이를 하고 그 잔털이 대기를 덮듯 비가 종일 둥둥 떠 있는 날이 있습니다.

이런 날은 그 어떤 날보다 촉각이 절망적으로 곤두섭니다. 정체도 알 수 없고, 그 규모도 알 수 없는 무시무시한 적들에게 포위당한 채 영영 고립을 면치 못할 것 같은 절망이 엄습합니다.

무엇이 공격하는지도, 무엇을 지키는지도 모르는 조용한 혼돈의 격전을 치르는 날입니다. 몸은 멀쩡한데 의식이 혼수상태가 종일 이어지는 날입니다.

나는 절망으로 추락하면서도 절망에서 벗어날 생각이 없습니다. 오히려 절망의 깊이를 더하기 위해 참호를 더 깊이 팝니다.

도무지 정체를 알 수 없는 그런 날입니다. 나를 포위하고 있는 정체 모를 말들에게 절망적인 공포를 느끼며 끊임없이 무엇인가를 절망적으로 끼적이는 날입니다.

오늘은 부슬비가 종일 내립니다.

암자에는 무슨 비가 내립니까.

합장.

불가촉천민

처서 상념

여름만 오면 몹시 아프고 가을 오면 다시 살 만합니다.

나의 오래된 우울입니다.

유난히 더웠던 여름에 통증도 유난했는데, 오죽했으면 늘 달고 살던 익숙한 통증이 느껴지면 씻은 듯 나은 것보다 더 반가웠겠습니까.

지난여름은 살기 오른 독뱀의 눈처럼 탁하게 번들거리던 달빛에 괜히 마음마저 오그라들었습니다. 오그라들어 기죽은 개구리처럼 울지도 못하고, 울지 못한 마음이 점점 비장해져, 세상에 저만 살고 저만 죽는 듯 생멸의 번뇌에 시달리며 불면했던 밤을 헤아릴 수 없습니다.

이제 좀 살 만하나 아직도 몸이 석연찮고, 오래된 우울함이 수선도 없이 속절없이 낡아갑니다.

그래도 지난여름의 비장함을 조금이라도 걷어내려 밤마다 마당에 서서 달을 봅니다.

맑디맑은 가을 달은 비장함을 걷어내기에 좋습니다.

오늘도 달 보러 마당에 나서니, 개가 꿈쩍없이 우두커니 앉아 먼저 달을 보고 있습니다.

이놈아, 불러도 귀만 움찔할 뿐 돌아보지 않습니다.

움찔하는 모양이 옆에 조용히 앉아 달이나 보라는 뜻인가 하여 겸연쩍습니다.

가을 달이 금방 찍어낸 구리동전처럼 색이 맑고 진합니다.

어릴 적 어머니 동동구리무통 깊숙이 빠트렸다가 다시 건져가며 놀던 십 원짜리 동전 같습니다.

동전 건져내듯, 달이 구름 속으로 사라지면 손가락으로 허공을 휘휘 젓고 나서 다시 집어냅니다.

하릴없는 장난질이 우스우면서도 그 시절부터 벌써 오십 년인가 하는 생각에 견딜 수 없이 허무해집니다.

허무하기는 해도 의심은 없습니다.

그 우스운 장난 중에도 태어나면 죽는다는 사실에 이제 아무 의심이 없습니다.

누가 허무를 의지의 소멸이라 했습니까.

허무는 의심의 소멸입니다.

지난봄 죽은 느티나무 잘라낸 자리가 별자리처럼 밝습니다.

여름 장마가 죽은 나무의 잔해를 깨끗이 쓸고 간 자리에 별빛의 유골만 남아 빛납니다.

별빛의 유골이자, 아무도 몰래 오랜 세월 수명을 다한 별빛을 거둬 장사 지내온 나무가 남기고 간 사리입니다.

족히 백 년 묵은 별빛의 유골이 아직도 찬란합니다.

마당 구석 어둠 속에 홀로 버려진 자전거 옆에서 풀벌레가 웁니다.

지천에 널린 풀을 놔두고 굳이 그 옆에서 우는 것은 가을이기 때문입니다.

누가 이 가을에 홀로 울어 제 슬픔을 다 감당할 수 있겠습니까.

여기서 울면 저기서 울고, 저기서 울면 여기서 울고, 여름에는 각자 탁하게 울던 것들이 가을 오면 일제히 맑은 종소리를 내며 서로 울고, 울립니다.

스님이 가을만 되면 감 따러 오라 부르는 까닭이 어디 감 때문이겠습니까.

스님인들 이 가을밤, 스산한 바람에 홍등처럼 흔들리는 산감의 정취를 홀로 감당할 자신이 있겠습니까.

다 같은 이치입니다.

엄지와 검지로 동동구리무가 미끈거리는 달을 조심스레 집어 개의 머리 위에 얹어놓습니다.

오늘내일하는 늙은 개가 그 무게도 버거운 듯 고개를 주억거려 달을 떨굽니다.

개가 떨어진 달을 느긋하게 앞발로 다져 땅에 묻고는 나를 돌아봅니다.

여기가 제 무덤자리라는 듯.

척 봐도 명당자리입니다.

개의 눈빛에 허무가 가득합니다.

그러나 흔하디흔한 것이 생멸이라는 듯 마치 남 일처럼 비장함 없이 허무합니다.

그 허무한 눈빛이 나를 위로합니다.

저런 허무만이 만물의 허무에게 위로의 자비를 베풉니다.

개의 눈빛 속에 생멸문(生滅門)과 진여문(眞如門)이 마주 보고 열려 있습니다.

만물의 생멸을 위로하는 자비로운 진여의 허무가 개의 눈빛 속에 있습니다.

자비롭지 않은 허무가 무슨 쓸모가 있겠습니까.

개가 다시 고개를 돌려 달을 봅니다.

그 자세가 단정합니다.

평소 이놈아, 저놈아, 하대한 일이 무척 미안해집니다.

스님은 요즘 하루가 어떻습니까.

스님께서 제게 물으신다면, 별거 없습니다.

아침에 새소리, 오후에 빗소리, 저녁에 개구리 소리, 별다른 소리가 있으려고요.

전생의 업을 다 멸한 후 후생의 삶이 어떠한가 물으신다면, 역시 별다른 날이 있으려고요.

천 년 전이나 천 년 후나 어떤 날은 괴롭고 어떤 날은 즐겁습니다.

합장.

습관의 속도

이 습관의 세계.

해와 달이 뜨고 지고, 빛나던 별이 떨어지고, 새가 날고, 물고기는 헤엄치고, 바람은 가지를 흔들고, 꽃이 피고 지는 이 습관의 세계.

습관의 속도들, 내 모든 습관의 속도를 마비시키는 해와 달과 별과 새와 물고기와 바람과 나뭇가지와 꽃의 습관, 그 습관의 속도들.

나는 아직도 내 습관의 속도를 잃고 자주 멈추거나 비틀거리거나 넘어집니다.

나는 언제쯤 사물처럼 걸을 수 있단 말입니까.

합장.

겨울밤, 산속에서

달이 없고 별만 있다. 얼어 터진 달의 무수한 조각들이 허공 가득 별로 흩어져 냉랭히 빛난다. 이 혹한을 빛만 있고 온기 없는 달이 어찌 견디랴.

여태 지지 못하고 아직 나무에 달린 마른 잎이 며칠 혹한에 몸을 더 구차하게 구겨 말았다. 더 많은 마른 잎들이, 더 구겨진 모습으로, 더 높은 가지 위에 구차하게 매달려 있다. 온기를 지키고자 용쓰는 몸짓인 듯, 이제 그만 지고자 마지막 안간힘을 모으는 듯.

그러나 그 안간힘이 다 허사다. 힘과 무게는 전혀 다른 것, 아무리 힘을 모아도 무게가 생기지는 않는다.

죽음의 무게는 소멸의 세계에서 생의 세계로 매일매일 보내던 조화(弔花)가 마르고 또 마른 후 남은 무게의 합이다.

생에 대한 지나친 편애와 소멸에 대한 과도한 박대로 일관한 존재들, 소멸에 대한 환대를 모르고 살던 존재들, 수취인 불명으로 조화

불가촉천민

를 돌려보내던 존재들은 결코 죽음의 무게를 얻을 수 없다.

죽음과 소멸을 단 한 번의 사건이라고 여기는 어리석은 존재들만이 환대를 잊는다.

어리석은 존재들만이 '단 한 번'의 공포와 슬픔에 자신만만하다.

죽음과 소멸이 단 한 번의 사건이 아니라 매일매일의 과정임을 모르는 것들만이 조화를 돌려보낸다.

삶을 지나치게 편애하는 존재들의 일생은 왜 가벼워 보이는가. 죽음의 무게를 점점 잃어가기 때문이다. 저 잎들은 결국 단 한 줌의 무게, 죽음의 무게가 없어 지지 못한다. 마지막 죽음의 무게마저 잃고 지나치게 가벼워진 잎들은 소멸의 중력으로부터 너무 멀리 있다.

지난봄과 여름 그리고 가을, 새가 아래로 박차고 날아오르듯 찬란히 지던 한창때의 잎들과 그 모습에 놀라 울던 어린 새들을 기억한다. 어린 새들은 아래로 솟구치며 나는 새들을 처음 보았으리라.

한창때 지지 못한 마른 잎들은 이제 가지 위에서 새들과 나란히 앉아 있다. 죽음의 무게마저 낭비하고 죽음의 중력에서 멀리 떨어져 말라버린 잎들은, 이제 다 자란 새들의 심심풀이 입질에 몸이 찢기는 모멸을 겪는다.

소멸에 대한 나태, 만용, 무지는 언제나 비극으로 끝난다.

모멸 없는 단정한 최후를 원하는가.

그렇다면 아무리 생의 힘으로 멀리 나간다 해도 늘 죽음과 소멸의 중력 범위 안에 머물라.

불가능의 봄

　피기는 하였으나 아직 향이 어린데, 그래도 꽃이라고 바람 따라 진다.

　꽃잎은 어찌나 얇은지 통째로 바람에 질망정 둘로 갈라지지 않고, 거미줄은 어찌나 가는지 허공에 날려도 토막 나지 않는다.

　갈라지고 끊어질 면적과 두께가 없는 불가능한 것들이 지천인 봄, 봄은 불가능의 세계가 기르는 한때다.

　나는 봄이 기르는 불가능의 꿈에 젖어 골목을 걷는다.

　골목 끝에서 끈 풀린 조막만 한 강아지 한 마리가 전력으로 달려오고, 나는 엉겁결에 주저앉아 맞을 채비를 하며 생각한다.

　아, 저놈이 코뿔소였으면!

　전력으로 달려와 무릎 꿇고 기다리는 내 가슴에 뿔을 박아주면 어찌마나 좋으랴 생각한다.

　뿔을 박고 한참이나 씩씩거리면서, 내 갈빗대를 부수고 심장까지 깊숙이 뿔을 박아주면 어찌 아니 좋으랴 생각한다.

겨우내 얼어버린 심장이 뚫리고 내 가슴이 다시 온통 더운 피에 젖어 상념이 아지랑이처럼 모락모락 피어오르면 얼마나 좋으랴 생각한다.

봄이 코뿔소처럼 달려와 내 심장에 뿔을 받으면 더할 나위 없겠노라 생각한다.

아이는 어디를 만져도 그곳이 아이의 전부이듯, 내 어디를 만져도 그곳이 봄의 전부였으면 좋겠노라 생각한다.

아직은 봄바람이 겨울바람 위에 기름 막처럼 흐느적거리며 굳다가 녹고, 녹다가 다시 굳는다. 어릴 적 외할아버지가 아침에 짜 주시던 염소젖, 딱 그 기름막이다.

바람에서 염소젖 냄새가 난다.

그 고소하고 비릿한 냄새가 봄의 말초신경을 건드려, 봄의 따뜻한 혀가 난폭하게 내 혀를 휘감아 뽑아내 버렸으면 좋으리라 생각한다.

봄이 기르는 불가능의 세계 앞에서 나의 언어가 모든 가능성을 상실했으면 오죽 좋으랴 생각한다.

불가촉천민

어둠 속 맑은 비가 갓 태어난 아이의 창자처럼 투명하게 빛난다.

풍경은 아름답고 내 비유는 비열하다.

비유만 비열한가. 직유, 은유, 환유 모두 비열하다.

나는 사물을 사물에게 떠넘기는 말장난에 능숙하다. 이 사물은 저 사물에게, 저 사물은 이 사물에게 떠넘기며 그 의미도 떠넘긴다.

그러나 그마저 나의 재능은 아니다. 그것은 언어의 기획이며 나는 비열한 동조자에 불과하다. 나는 언어의 기획에 동조함으로써 사물의 세계와 정면충돌을 회피한다.

나는 이 사물이 없으면 저 사물에 대해서, 저 사물이 없으면 이 사물에 대해 그 무엇도 말할 수 없다. 나는 사물 그 자체에 대해서는 아무것도 모른다. 나는 사물과 사물을 대체하는 잡술에만 능숙하다.

나는 이것 없이 저것을, 저것 없이 이것을 사유할 수 없다. 나는 이 현상 없이 저 현상을, 저 현상 없이 이 현상을 사유할 수 없다.

무한이 없으면 유한에 대해, 유한이 없으면 무한에 대해, 우연이 없으면 필연에 대해, 필연이 없으면 우연에 대해, 존재가 없으면 비존재에 대해, 비존재가 없으면 존재에 대해, 공간이 없으면 점유에 대해, 점유가 없으면 공간에 대해, 나는 사유할 수 없다.

이 언어의 대립 쌍이 없으면 나는 그 무엇도 사유할 수 없다.

'유'와 '무'의 대립 없이 '한'을 사유할 수 없다.

'우'와 '필'의 대립 없이 '연'을 사유할 수 없다.

'점'과 '공'의 대립 없이 존재와 비존재를 사유할 수 없다.

'점유하지 않은 공간' 같은 동어반복만 뇌까린다.

나는 이 모든 사물과 현상의 대립이 실제 하는 실체들의 대립이 아니라 언어가 기획한 언어의 대립이라는 것을 알고 있다.

대립하는 것들 가운데 적어도 하나는 허상이거나 어쩌면 둘 다 허상일지도 모른다.

사실이 무엇이든 나는 허상 없이는 이 세계를 사유할 수 없다.

언어의 기획에 의존하지 않고서는 그 어떤 사유도 문장도 가능하지 않다는 사실도 너무나 잘 알고 있다.

비유, 직유, 은유, 환유의 기획 없이 사물에 대해서 단 한마디도 말할 수 없다.

사물의 세계를 관통하는 것은 내가 아니라 언어의 기획이며, 언어의 기획 가능성과 한계가 곧 내 사유의 가능성이고 한계다.

언어가 내 사유의 수단이 아니라, 내 사유가 언어의 수단이다.

나는 언어의 기획에 따라 대립의 세계를 영원히 헤매고 다니는 허상에 불과한지도 모른다.

나도, 이 세계도 언어의 기획에 갇혀 있다.

갇히지 않고서는 어떤 사유도 불가능이다. 갇혀야만 사유의 가능성을 얻는다.

그 알량한 가능성에 굴복한 이래로 나는 자책과 비열한 신경질적 불안에 시달리며 살아간다.

나는 언어의 기획에 갇혀 알량한 사유의 가능성에 안주하는 자, 언어의 기획을 부수려는 불가능의 시도를 멈춘 자다.

나는 이 세계의 진면목과 영영 불가촉이다.

나는 이 세계에게 영영 불가촉천민이다.

화병(花病), 화병(火病), 생병(生病)

— 처사님, 씨앗을 언제 심어야 좋소?

— 사오월에 심으면 팔월까지는 가고, 유월에 심으면 첫서리까지
는 맞고 가지요.

— 내일부터는 날이 푹하다던데 지금은 좀 이를까?

— 지금 심고 싶으면 심으셔야지요.

— 안 일러?

— 태반은 죽지요. 이제 삼월인데.

— 그렇겠지? 지금은 이르지?

— 이르지요.

— 그래도 작년 사월에 비하면 올 삼월이 훨씬 푹하지 않아?

— 그렇다마다요.

— 그래도 지금은 이르지?

— 스님, 병나시겠소.

— 아무래도 좀 이르지? 그렇겠지?

— 벌써 병나셨네.

— 병났지.

— 화병(花病)이오, 화병(火病)이오?

— 생병(生病)이지.

— 괜히 생병 앓지 말고 심고 싶으면 심으셔야지요.

— 심으라는 거야, 말라는 거야?

지난해 여름 며칠 절밥을 공짜로 얻어먹고, 밥값을 봉숭아 씨앗 받아주는 것으로 대신했다.

암자 주변에 지천으로 널린 것을 알아보지 못했던 스님은, '이게 그 울 밑에 선 봉선화요?'를 연발하며 신기해하셨다.

씨앗을 건네주며 심란하실 때 꽃 따서 손톱에 물이라도 들이시라 했더니, 그저 빙긋이 웃기만 하셨다.

서둘러 씨앗 심어 꽃 보자 조바심 내는 모양이 심란하신 모양이다.

확실한 대답을 못 하고 전화를 끊고 나니 마음이 영 편치 않다.

생각하자니, 꽃 기다리는 스님 마음이 지극한데 이르면 어떻고 또 늦으면 어떤가.

지금이 지극한 때면, 지금이 곧 가장 적당한 때가 아니겠는가.

지극함에는 이르다, 늦다 분별이 없고, 분별없는 지극함으로 시작된 일은 그 끝도 지극히 선하리니, 스님은 이르다 늦다 따지지 마시

불가촉천민

고 '지금' 당장 지극히 꽃씨를 심으실 일이다.

꽃씨는 넉넉하고, 스님 마음 지극하니, 이르게 심어도 늦도록 봉숭아꽃 만발할 것이다.

마음이 심란하여 홀연 길 잃기에는 화엄(花嚴)이 화엄(華嚴)한 꽃밭보다 더 좋은 곳이 있으랴.

길 잃으시거든, 스님은 부디 목탁이네 염불이네 다 접어두고, 풍경 소리에 졸아가며 손톱에 봉숭아물이나 들이시라.

화병(花病), 화병(火病), 생병(生病)

제4부

모르고, 모르며, 또 모른다

후배, 전화하다

— 형, 저 사업 새로 시작했어요.

— 잘해라.

— 그게 다예요?

— 뭐가?

— 잘해라, 딱 세 마디?

— 너무 짧나?

— 짧지!

— 그럼, 매우 잘해라.

— 나 참! 무심하기는. 무슨 사업이냐, 사무실은 어디냐, 이런 거 안 물어요?

— 뭐든, 어디서든, 매우 잘해라.

— 형.

— 왜.

— 형.

— 형은 무슨…….

무엇에 매혹된다고 생각하지만, 사실은 그것들에 매혹된 자신에게 매혹된다. 사랑과 우정에 매혹되었다고 생각하지만, 사실은 사랑과 우정에 매혹된 자신에게 매혹된다.

그게 뭐 그리 나쁜 일은 아니다. 자기 매혹 없는 매혹이 무슨 의미가 있으며, 자기 매혹 없이 어떻게 다른 것에 매혹될 수 있겠는가.

그러나 대상에 대한 매혹을 압도하는 자기 매혹에 빠진 자들이 있다. 오로지 매혹된 자신의 아름다움, 그것의 도덕과 흠 없음만이 중요한 자들이 있다. 매혹의 대상이 파괴되는 것은 얼마든지 용납할 수 있어도, 자기 매혹이 훼손되는 것은 결코 용납할 수 없는 자들이 있다. 사랑하는 이의 상처보다, 그 상처 때문에 생채기가 난 자기 매혹에 비통해하는 자들이 있다. 사랑하는 이의 슬픔과 절망과 고통마저 자기 매혹에 매혹적이어야 하는 자들이 있다.

자기 매혹에 빠진 자들은 언제나 다른 매혹의 대상을 찾아 떠날 준비를 한다. 언제든 떠날 준비가 된 그들은 매혹의 대상 안으로 들어가 공동 운명에 처해질 생각이 없다. 그들은 언제나 사랑하는 이의 운명 밖에서 서성이며 자기 매혹만을 지킨다.

그래서 그들의 매혹은 냉정하고, 그들은 언제나 고독하다. 자기 매혹에 압도되어 있는 자들은 사랑하면서도 냉정하고 고독하다.

그러나 완전히 매혹된 자들은, 자기 매혹보다 매혹의 대상에 압도

모르고, 모르며, 또 모른다

적으로 매혹된 자들은, 매혹의 대상 속으로 들어가 스스로 갇힌다. 스스로 갇혀 완전히 복종한다. 매혹의 대상 그 안에 있으므로, 스스로 갇혀 있으므로, 스스로 복종했으므로, 매혹의 대상이 파괴되면 자신도 파괴된다.

그들은 만해 한용운의 "나는 복종이 좋아요"라는 시구를 완벽히 이해하는 자들이다. 그들은 자기 매혹을 지키려 싸우지 않는다. 그들은 매혹된 대상을 지키기 위해 싸운다. 매혹된 대상이 파괴되면 그 속에 스스로 갇혀 있는 자신이 파괴되기 때문에 싸운다. 무언가에 매혹된다는 것은 그런 것이다.

'네 이웃을 네 몸처럼 사랑하라'는 예수의 계명은 매혹에 대한 계명이다. 자기 매혹에서 벗어나 타자에게 압도적으로 매혹된 자들만이 그 계명을 실천할 수 있다.

한용운도 옳고, 예수도 옳다.

그대도 알다시피 나는 자기 매혹에 압도된 사람이다.

나는 매혹의 계명과는 거리가 먼 사람이다.

나는 나를 잘 안다.

나는 한용운과도 거리가 멀고, 예수와도 거리가 멀다.

또한 나는 잘 알고 있다.

빈말이 얼마나 자기 매혹적인가를.

빈말이 얼마나 자기 매혹을 증폭시키는가를.

그래서 자기 매혹에 압도된 사람은 말을 아껴야 한다는 것을.

참말이든 빈말이든 무조건 아껴야 한다는 것을.
누군가에게는 빈말의 무게가 세상에서 제일 무겁다는 것을.

그래서 나는 고작 몇 마디가 전부일 따름이다.

잘해라.
매우 잘해라.
뭐든, 어디서든, 매우 잘해라.

모르고, 모르며, 또 모른다

폐가에서

산책길이 내처 숲길로 이어진다. 야트막한 산은 의외로 나무가 빽빽하여 그늘이 짙다.

짧은 여름 아침이 끝나고 바로 한낮의 뙤약볕이 작렬하는데도 숲은 어둡다. 짙은 그늘 속에서 사람이 버리고 간 집이 서늘하게 무너져간다. 오랜 그리움 끝에 스스로에게조차 냉정해진 집이 스스로를 버리고 있다.

바람이 수면을 흔들면 저수지 물빛이 나무와 나무 사이의 촘촘한 틈을 비집고 들어와 토막토막 일렁이다 사라진다.

어둠 속에서 비늘을 번뜩이며 숲속으로 미끄러져 들어가는 이무기의 거대한 몸통 한 토막을 본 듯, 몸이 진저리를 친다. 지붕 위에 말라비틀어진 함석지붕 껍질이 이무기가 벗어놓은 낡은 허물처럼 수북이 쌓여 있다. 어떤 색이었는지 짐작조차 할 수 없을 만큼 탈색된 허물은 본색이 무색하다.

허리가 주저앉은 집은 지붕과 땅이 맞닿기 일보 직전이다. 무너졌다 해도 지나친 말은 아니나, 그래도 아직은 지붕이 땅 위에서 하늘을 이고 있다.

지붕 아래 자라는 풀과 마당이었을 자리에 자라는 풀도 키와 색이 아직 다르고, 지붕 아래 땅과 지붕 밖의 땅도 아직은 색이 다르다. 그렇게 지붕이 가르는 경계가 희미하나 또한 분명하므로, 집은 아직 집이다.

척추가 서서히 삭아내려 마침내 턱과 발등이 맞닿을 정도로 등이 굽어도, 아직은 땅 위에서 하늘을 이고 사는 한 아직 사람이고, 생과 사의 경계가 희미하나 아직은 들숨과 날숨으로 분명한 경계를 긋고 사는 한 아직 사람이듯, 사람이 살던 집은 사람의 이치를 닮아 아직 그렇게 집이다.

뒷마당으로 들어서려다 그만둔다. 사람에게 등이 있듯이 집도 등이 있다. 뒷마당에 들어서면 집의 등을 보고 말 것이다. 사람의 등을 보는 일도, 집의 등을 보는 일도 무척 슬픈 일이라서 그만둔다.

가장 서러울 때 등을 보이고 울다 사람이 무너지듯이, 이 집도 인기척에 설움이 터져 등을 보이고 울다 마저 무너질지 모를 일이다. 내가 늘 슬픔이 부족한 종자라지만, 그 모습을 지켜보며 부족한 슬픔을 채울 수는 없다.

조용히 떠날 수밖에.

저수지에서 황소개구리가 우렁차게 울면 산새들도 질세라 다투어

모르고, 모르며, 또 모른다

운다. 저것들 우는 소리에 최후의 결정적 한마디가 무너져 내릴까 자꾸 집을 돌아본다.

이 정도로 무너질 내가 아니라는 듯, 폐가가 늠름하고 단정하다.

어느 때, 어느 허전한 사람이 숲에 들어 집을 짓고 나무를 심으며 무상한 상념도 함께 심었을 것이다. 사람이 떠나고, 무상한 상념이 열매와 함께 떨어지는 허전한 소리를 홀로 듣고도 버텨온 집이 저따위 소리에 무너질 일은 없을 것이다.

집 앞 방패연만 한 돌을 깔고 앉아 담배를 피운다.

연을 들고 언덕에 올라서는, 정작 연을 깔고 앉아 바람이나 구경하다 내려오던 어릴 적 쓸쓸한 버릇이 떠오른다. 그때는 아직 오지도 않은 바람이 지나간 바람보다 더 쓸쓸했다.

바람을 생각하자 바람이 일고, 다시 물빛이 토막토막 일렁인다.

집이 아련히 밝아졌다 다시 어두워진다.

이미 무너진 집보다 더 낡고 쓸쓸한 집이 아직 버티고 서 있다. 이미 떠나간 사람보다 살아 남아 있는 사람의 시간이 더 낡고 쓸쓸하듯이, 이미 지나간 시간보다 더 낡아버린 채 당도할 시간들이 얼마나 더 이 집을 스쳐 갈 것인가.

허전하고 허전한 생각에 담배 한 대를 더 문다.

지루한 봄

지루한 꽃

꽃은 지루하다.

꽃은 씨가 있어 지루하다.

씨로 이어지는 꽃의 혈통과 족보는 지루하다.

피고 지고, 지고 피는 꽃의 대체가 지루하다.

대체의 무한 반복이 지루하고, 영속에 대한 꽃의 집착과 소멸에
대한 꽃의 혐오가 지루하다.

꽃이 소멸하지 않는 대명사 같아서 지루하다.

꽃이 관념 같아서 지루하다.

꽃이 사람 같아서 지루하다.

모르고, 모르며, 또 모른다

지루한 꿈

개 따라 자다 깨다, 나는 온종일 지루하게 꿈만 꾼다.
개가 내 꿈 선생이다.

지루한 역사

개 이상도 이하도 아닌 개와, 사람 이상도 이하도 아닌 사람과, 바람 이상도 이하도 아닌 바람과, 꽃 이상도 이하도 아닌 꽃들이, 천 년 전이나 지금이나, 서로 멀뚱멀뚱 쳐다보다가, 졸음 그 이상도 이하도 아니게 졸다 가는 지루한 봄의 역사.

지루한 본능

이 지루함 속에서도 정신이 폭주한다,
꽃, 바람, 개가 눈앞에 있어 나는 그것들을 사유하고 그 의미를 재구성한다.
새로운 것도, 새로울 것도 없는, 지루한 세계의 풍경을 정신이 폭주한다.
누가 사유를 이성의 치열한 각성이라 했는가.

그것은 지루한 본능이다. 세상 창조하기 전 오롯이 홀로이던 하나님 빼고 누가 이 지루한 본능에서 자유로우랴.

지루한 목련

내가 결국 나로 살아야 하듯이, 너도 결국 너로 살아야겠지만, 너도 때로는 나처럼, 내가 나를 초월하고 싶을 때가 있듯이, 너도 너를 초월하고 싶을 때가 있으니, 그런 욕망이 있나니, 그러나 그것이 또한 도저히 가망 없는 짓임을 너무나 잘 알고 있음에, 잠시 뿌리가 들썩이고 가지가 팽팽해지고 잎에 날카로운 톱니가 돋아도, 그것이 대단한 의지의 표상이거나 신비한 지혜를 얻은 징표가 아니라, 곧 가라앉고 말 본능적 흥분임을 너무나 잘 알고 있음에, 너는 그때마다 지루하게 꽃잎이나 떨구다 마는 것이겠고, 나는 지루하게 시나 쓰다 마는 것이다.

지루한 최초

최초의 꽃, 최초의 개, 최초의 바람, 최초의 나비, 최초의 봄.
'최초'를 생각하면 지금 눈앞에 있는 모든 것들이 그렇게 지루해 보일 수가 없다.

시공 밖에 존재하는 최초, 시공을 초월할 수 없는 존재가 시공을 초월한 의문을 품을 수 있다는 이 모순은 또 얼마나 지루한가.

이 지루한 최초의 감각, 그러나 이보다 더 생생한 감각이 또 없다.

지루한 사과

미안해요, 내가 모르는 사람들이여.

어느 봄, 인사도 없이 내가 지나친 사람들이여.

지루해서 그랬습니다. 당신과 나의 동질성이, 당신과 나의 동시대성이, 당신과 나의 봄이. 지루해서 겨우내 찬바람을 뼈에 채웠다가, 봄이 왔다는 소식을 듣자마자 서둘러 다시 겨울로 날아가려 했습니다. 꽃들도 꽃이 지겨워 서로 인사도 없이 피고 지는 지루한 봄에, 그대들과 함께 있고 싶지 않아서 그랬습니다.

그러니, 이해하십시오.

나의 지루한 사과를 받아주십시오,

지루한 소리

카페에 소리들이 돌아온다.

비 그치고 소리들이 돌아온다.

돌돌 말려 있던 종이가 꾸역꾸역 제 관절을 펴듯이, 소리가 제 관절을 펴고 떠나왔던 사람들의 입과 귀로 더듬더듬 제 길을 찾아온다.

빗소리에 섞여 잠깐 찾아온 변성기에 들떴던 입과 귀로 다시 지루한 소리들이 돌아온다.

저기압의 공명과 변성에 취해 몽환에 빠졌던 감각을 다시 또렷한 지루함으로 돌려놓으며 소리들이 돌아온다.

단거리 육상선수처럼 단단한 근육을 실룩거리며 질주하던 소나기의 거친 호흡이 끝나고, 몽환의 소리들도 떠난 자리에, 다시 지루한 소리들이 돌아온다.

몽환에 취해 나도 듣지 못하게 내가 속삭인 독백과 독백의 환상들을 걷어내며 소리들이 돌아온다.

여기서부터 길을 잃었노라, 읽던 책의 몇 장, 몇 페이지, 몇째 줄을 또박또박 짚어주며 온다.

하늘이 개고 다시 해가 나고, 바람이 물기를 속속 거둬가는 중에 문득 툭, 툭 몇 방울 떨어지는 소리. 다시 비가 오는 것인가, 아니면 가장 멀리서 추락한 빗방울이 이제야 떨어지는 것인가.

그 아득한 상념의 틈도 주지 않고, 지루한 소리들이 다시 돌아온다.

지루한 온도

개구리가 가만히 앉아 있다.

만져도 가만히 앉아 있다.

밤새 피가 식어버린 개구리는 다시 피가 더워지기 전까지는 움직이지 못한다. 개미 떼가 사지를 물어뜯어도, 부지런히 일어난 새가 눈알을 쪼아도, 먼저 피를 덥힌 뱀이 몸통을 조여도, 일찍 일어난 아이들이 장난삼아 돌을 던져도, 그 자리에서 해를 기다려야만 한다. 변온동물의 운명이다.

사람은 세상의 온도에 피의 온도를 맞추고 산다. 변온동물도 아니면서, 그 지루한 피의 온도를 사력을 다해 유지해야만 한다. 상온동물의 운명이다.

그 지루한 변온동물의 피의 온도.

그 지루한 상온동물의 피의 온도.

그 가혹한 세계의 온도.

지루한 속도

곧 아버지 기일이다.

인간의 영원함이 신의 그것에 비해 보잘것없겠으나, 그래도 인간은 인간에게 영원한 법.

그와 나도 서로에게 영원할 것이다.

신은 두루마리 속에 과거와 현재와 미래를 담아 한눈에 펼쳐보지만, 인간은 다음을 모르는 난해한 책의 페이지처럼 한 장, 한 장 시간을 넘기고 살아간다.

난해한 시간이 살같이 빠르나 그 속도감은 참으로 지루하다.

그렇게 벌써 1년이라니.

지루한 밤

세상에는 신을 믿는 자와 형이상학을 믿는 자와 자연을 믿는 자가 있고, 그것을 모두 믿는 자, 그중 하나를 믿는 자, 번갈아 가며 믿는 자가 있으며, 모두 믿지 않는 자, 번갈아 가며 골고루 믿지 않는 자, 그중 하나를 유독 믿지 않는 자가 있으며, 믿든 믿지 않든 일찌감치 하나를 골라잡아 타향, 고향으로 삼은 채 분주히 떠나고 돌아오는 하나님의 자식, 철학의 자식, 문학의 자식, 흙의 자식, 물의 자식, 해의 자식, 달의 자식, 별의 자식이 있고, 한때는 믿었던 밤, 모든 구체의 배후에서 형이상학을 지키는 검은 개, 이 밤마저 죽이고 말리라, 그 밤마저 죽이고 고아가 되리라, 밤마저 죽이고 믿는 구석 하나 없는 사람이 되리라, 믿는 구석 하나 없는 사람이 되어 끝까지 떠돌리라, 죽을 때까지 신과, 형이상학과 문학과, 해와 달과 별과, 흙과 물 그 무엇도 골라잡지 않은 채 평생 정처 없이 떠돌리라, 다짐하는 천하의 후레자식도 있으며, 그리고 그 모든 자들의 허망한 일생을 바라보다, 지루하고 지루하여 꾸벅꾸벅 조는 봄밤이 있구나.

암자에서

바람 타고 온 가을 달빛이 훤칠하고, 논에는 샛노랗게 무르익은 벼 단풍이 장하다.

잘 다져져 반질거리는 암자 마당이 훤칠한 달빛을 고스란히 허공으로 되비추어 사방이 밝다. 그 밝기가 해거름 말미보다 낫다.

어둠을 스스로 불러와 꿔다놓은 보릿자루마냥 세워놓고, 보란 듯이 어둠보다 우뚝 자라는 먼 산 나무들의 윤곽이 또렷하게 보인다.

모든 것이 또렷하게 드러나는 밤에는 노릿하게 익어가는 논두렁 콩 따먹으러 내려오던 노루도 발길을 끊는다.

오늘 밤은 상수리나무 몸통만큼 허리 굵은 갈색 노루가 벼 단풍 장한 들판을 가로지르며 새벽 강 물고기처럼 달빛을 타고 튀어 오르는 장관을 보기는 틀렸다.

산꼭대기에서 난봉난 안개 무리가 들썩이며 내려오는 꼴을 보니, 산 아래 개펄 지고 누워 있는 바다 안개 등짝이 틀림없이 간질간질할

터이다.

새벽이면 산 중턱에서 두 무리가 만나 난장을 칠 터, 아무리 향을 진하게 태워도 해토머리 진창처럼 질퍽한 안개 냄새를 당하지는 못할 것이다.

이제라도 한 소식 하려면 머리 깎으라고 농을 치시던 스님은, 삼대째 권사 집안 출신한테 권할 게 없어 염불이냐는 핀잔을 들으시고는 오죽잖은 난을 한바탕 심란하게 치시다 잘도 주무신다.

늦여름에 태어난 강아지 두 마리는 아직도 뒤엉켜 마당에서 논다. 하는 짓이 천상 개다. 개가 개처럼 노니 더하고 뺄 말이 없다.

스님 주무시는 모습도 천상 스님이다. 스님이 스님처럼 주무시니 역시 더하고 뺄 말이 없다.

개도 자명하고 스님도 자명하다.

허공에서 맑고 맑은 가을 연못으로 단풍이 지면, 물속에서도 단풍 하나가 솟는다. 그 둘이 하나로 포개지는 순간, 무엇이 단풍이고 무엇이 단풍 그림자인지 분간이 무색하다. 그 둘이 한 치 어긋남 없이 포개지는 순간이 마침내 한 생이 끝나는 순간이라는 사실만이 자명하다.

개도, 스님도, 단풍잎도 자명하다.

이런 게 천기누설이지 뭐가 천기누설인가.

저런 게 한 소식이 아니면 뭐가 한 소식인가.

모든 지혜와 깨달음은 지금 내 앞의 사소한 풍경을 통해서만 감각될 수 있다는 사실보다 자명한 것은 없다.

눈물에 대한 형이상학과 철학과 문학보다 더 자명한 것은 한 인간의 고통스러운 눈물 한 방울이 아니겠는가.

그 사실 앞에서 나도 군더더기 하나 없이 자명하다.

유랑

골목

가쁜 숨을 달래려 우연히 한 나무를 짚고 섰다가 이내 손을 거둔다. 숨을 다 골라서가 아니라 나무가 오해할까 봐.

취기를 달래려 비스듬히 벽돌담 '어느' 벽돌을 짚고 섰다가 역시 손을 거둔다. 그리움이 다해서가 아니라 손바닥 밑 '어느' 벽돌이 오해할까 봐.

가로등 하나를 물끄러미 바라보다가도 눈을 돌린다. 외로움이 다해서가 아니라 불빛이 오해할까 봐.

이놈들이 나를 필연으로 오해할까 봐.

수많은 나무와 벽돌과 가로등 중에 저희에게 내 눈길과 손길이 닿은 이유를 평생 사유할까 봐.

나를 자기 존재의 목적과 이유로 믿게 될까 봐.

모르고, 모르며, 또 모른다

그런 것이 없거늘, 그런 것이 있다고 믿게 될까 봐.

우연이거늘 필연으로 오해할까 봐.

순간이거늘 영원으로 오해할까 봐.

무엇이어도 좋은 '어느 것'이거늘 반드시 그것이어야만 하는 '어떤 것'이라고 저를 스스로 오해할까 봐.

평생 그렇게 나와 저를 미신처럼 믿으며 오해 속에 기다릴까 봐.

타향

저 매미 소리, 여름 아니고서는 갈 곳 없는 소리.

봄으로, 가을로, 겨울로 다 다녀봤지만, 죄다 낯선 타향.

여름 아니고서는 돌아갈 곳 없는 저 소리.

곧 가을이라서, 밤낮으로 서둘러 우는 소리.

타향에서 마저 우느니 고향에서 다 울고 죽겠노라, 죽어라 우는 소리.

다 우느라 찢어진 늑막 성대가 곪아 터져 균이 퍼지고, 감염된 내장이 썩어 배 한가득 고름이 차오르면, 매미는 신열에 시달리며 지독한 두통을 앓는다.

듣는 나도 지독한 두통에 시달린다.

고향에서 울다 죽겠다는 놈과 타향에서 떠돌다 죽겠다는 놈이 나란히 두통에 시달리는 밤.

내가 네 머리를 떼어주마, 너는 내 머리를 떼어가거라.

169

그리하여 우리가 서로, 고향과 타향에서 평안에 다다르자.

노을

가을은 어느새 떠나고 겨울은 아직 이른 때.

해는 더 짧아지고 쓸쓸함은 더 깊어져, 숲이 노을에 젖도록 오래 산을 떠도는 때.

붉던 꽃잎은 백태 낀 혀처럼 희멀게지고, 노랗던 꽃잎은 황달 걸린 눈처럼 누렇게 바래지는 때.

꽃그늘 끝난 숲속 연못 물고기들이 마른 잎 따라 처량히 헤엄치는 때.

허기진 겨울을 예감하며 앙상히 말라가는 열매를 쳐다보는 새의 눈망울이 애처로운 때.

노을 가로질러 이 산에서 저 산으로 전선을 넘겨주고 홀로 남은 철탑이 모르는 사람의 묘비처럼 외로운 때.

새로 얻은 싱싱한 슬픔 위로 노을이 나의 옛일을 불러오는 때.

새로 얻은 싱싱한 슬픔이 아무리 많아도 나를 울리는 건 오직 먼 옛일뿐이라서, 노을이 불러온 옛이야기를 듣노라면 축축이 귀가 섲는 때.

지나간 사람의 일을 생각하여 쓸쓸히 꽃 그림자를 꺾는 때.

헛꽃이면 어떻고 참꽃이면 어떤가, 의심 없이 꽃을 꺾고 이번 생

모르고, 모르며, 또 모른다

을 건너리라 읊조리는 때.

눈 뜨고도 못 보고, 눈 감고도 못 본 세월이 눈 뜨고 감는 그 사이로 얼핏 스쳐 가는 때.

노을에 귀 대고 하나님의 쓸쓸한 독백을 도청하는 때.

아무 말씀 없이 울기만 하시기에, 나도 따라 우는 때.

오리

산 넘어왔더니 물이고, 길을 물었더니 오리가 물길을 잡고 앞장선다. 나는 오리를 따라가고 오리는 떠가는 마른 나뭇잎을 따라가다가, 마른 잎이 다 젖어 가라앉을 때쯤 오리도 멈추고 나도 멈춘다.

오리는 집으로 돌아가고 나는 정처 없이 홀로 남았다.

칠흑은 탁하지 않아 달 없이도 물빛 밝고, 산은 순하게 잠들어 고요하고 어린 물고기 살얼음 깨무는 소리가 맑은 밤이다. 인가의 불빛들이 하나둘 꺼지고, 그때마다 소가 울거나 개가 운다. 길게 울어도 넘치는 슬픔 하나 없고, 짧게 울어도 놓치는 서러움 하나 없이 운다.

정처 있는 것들의 풍경 앞에서 정처 없는 유랑은 외롭다.

오늘은 어디서 묵어 갈까나.

묵어 갈 곳을 찾아 그만 잠들까나, 아니면 날개 부서진 풍뎅이처럼 제자리 맴도는 상념이나 불러다 놀면서 새벽까지 떠돌며 불면할까나.

새벽까지 기다렸다가 감나무 가지마다 감 대신 주렁주렁 매달린 참새 떼나 휘이휘이 쫓아볼까나.

그러다 소죽 끓는 냄새에 시린 눈이나 비벼 볼까나.

바람

그냥 스쳐 가지 못하고, 나무와 몸을 섞고 무성히 잎을 낳는 바람이 있다. 뿌리까지 젖을 적시고 잎을 기르다 다시 훌쩍 떠나는 바람이 있다.

봄에 갓 돋아난 이파리가 아이처럼 몸을 뒤집기 시작할 때 비린 젖 냄새가 진동했었다. 잎맥을 타고 흐르는 것이 어찌 물뿐이었겠는가. 저토록 신록이 무럭무럭 짙어가는 것은, 물보다 진한 바람의 수유 덕분이다. 여름이 오고 젖살이 올라 두툼해진 잎들은 이제 그 그림자마저 우람하다.

왜 나무마다 다른 모양으로 잎이 자라고, 잎을 갉아 먹는 벌레 소리가 다르며, 나뭇잎은 왜 제각각의 바람과 어울려 다른 춤을 추고, 수명을 다한 잎들은 왜 저마다 다른 궤적의 현기증으로 추락하는가.

그것은 어머니 바람의 혈통이 다르기 때문이다.

저 유구한 바람의 족보들, 나무마다 위대한 모계 혈통이 나부낀다.

모르고, 모르며, 또 모른다

바다

바다는 스스로 자기를 구금한다. 저 거대하고 깊은 바다를 스스로가 아니면 누가 가둘 수 있겠는가.

바다를 보면 자기 구금의 힘을 느낀다. 그리고 자기 구금에 성공한 존재의 자부심을 느낀다.

다른 존재로의 이행과 대체가 도무지 불가능한 존재의 자부심만큼 완고한 것은 없다. 나처럼 늘 다른 존재로의 이행을 꿈꾸며 자기 구금에 실패한 존재는 저런 자부심이 없다.

파도가 부글거리는 바다의 허연 위액을 내 발밑까지 밀고 온다. 물을 마시다 게우고, 게우면 또 마시다 바다는 결국 위액을 토한다.

바다는 역시 갇혀 있다. 그러나 수십억 년의 자기 구금을 견뎌낸 바다는 은밀하다. 너무도 은밀하기에 저렇게 대놓고 은밀하다. 저렇게 대놓고 은밀할 수 없다면 존재의 은밀함에 대해서는 함구해야 하리라.

바다의 은밀함 속으로 나는 아직도 소진하지 못한 일말의 희망이나 한 가닥 실마리 따위를 버린다.

저 은밀한 바다 앞에서만큼은 그것이 아주 흔쾌하다.

무덤

이슬 젖은 흙이 마르면서 무덤에서 무럭무럭 김이 난다.

무덤이 뜨거운 밥 한 덩이 같고, 무덤 속 당신이 '아침은 자셨는가' 묻는 듯하다.

뒤집어진 밥사발 곡선 같은 어머니 배의 곡선을 깨고 나왔다가, 다시 당신이 그 곡선에 묻혔다.

나도 당신처럼 뒤집어진 사발의 곡선에서 태어났고 다시 그 곡선에 묻힐 것이다.

사발통문을 읽듯 당신 무덤을 한 바퀴 둥글게 돌아본다.

사발통문에는 선후 순서가 없는 법, 당신과 내가 오고가는 순서가 다 부질없고, 오고감에 대해 이런저런 말들도 다 부질없다.

나도 '아침은 자셨소?' 되물을 뿐.

칡꽃은 하나둘 떨어지고 명아주 잎에는 단풍이 들었다.

흙을 뒤집고 흙 벌레 솎아내던 세찬 소나기는 언제가 마지막이었던가.

미처 흙 속으로 돌아가지 못하고, 물독 올라 퉁퉁 불어터진 몸으로 지천에서 버둥거리다 말라죽은 흙 벌레들이 무덤가에 나뒹군다.

무덤 덮은 풀들의 색 바랜 허리가 탄력을 잃어 바람에 눕지 못하고 뚝뚝 부러진다.

그 부러진 허리 위로 무덤의 곡선이 서서히 드러나고, 당신의 곡선(哭線)도 드러난다.

눈 내리기 전까지, 풀벌레들이 당신의 곡선을 따라 노닐며 노래할 것이다.

당신이 부르던 정체불명의 노래, 제목도 모르고, 가사도 모르면서

모르고, 모르며, 또 모른다

홍얼거리던 노래.

사발통문처럼 도무지 순서 없이 막 부르던 노래.

사람이 오고 가는 일에 무슨 뜻이 있으랴, 허전하고 허전하여 당신이 부르던 노래.

당신의 독백에 아무 곡조나 붙여 부르던 노래.

이렇게 불러도 슬프고, 저렇게 불러도 슬프던 노래.

누구에게도 가르쳐 준 적 없고 누구와도 함께 부른 적 없는 그 노래를, 풀벌레들이 사무치게 부를 것이다.

숲속

날이 더워 숲에 갔더니 숲도 덥다.

날벌레들이 기를 쓰고 내 눈동자를 파고든다.

내 눈이 그렇게 서늘한가.

무엇을 보고 살아왔기에 나는 이토록 서늘한 눈동자를 가졌나.

애인에게

나비를 보내며

연두색 토끼풀이 융단처럼 깔린 숲길을 맨발로 걸었습니다.

발바닥이 간질간질하더니, 무심코 발바닥을 긁으면 나비가 한 마리씩 날아오릅니다.

요새는 봄이 와도 나비 보기 힘들다고 함께 낙담하던 일을 생각합니다.

지금 내 방에 나비가 한가득인데 아직도 발바닥이 간지럽습니다.

나는 이제 낙담 하나를 덜었습니다.

그대에게도 나비를 보내드립니다.

이 봄, 그대 역시 하나의 낙담이라도 더시기 바랍니다.

모르고, 모르며, 또 모른다

안부를 보내며

어둠 맑기가 깨끗하게 갈아놓은 먹물 같습니다.

한적한 바람이 먹빛 수면을 스쳐 갑니다.

한적한 밤에 마음이 편안해져 정갈한 글씨를 쓰고 싶어집니다.

낮에 자른 머리카락을 괜히 날려버렸습니다.

묶으면 거칠어도 한 자루 붓, 이만한 어둠이면 한 붓 찍어 무엇을 써도 정갈한 편지 한 통이 나올 터인데.

개도 마음이 정갈해진 모양입니다.

편한 마음에 꼬리를 바닥에 끌고 다니는 소리가 들립니다.

개꼬리 털이라도 얻어볼까 하는 실없는 생각에 피식 웃습니다.

그러거나 말거나 개는 편안히 누워 제 발을 핥느라 여념이 없습니다.

꽃은 뿌리에 봄비를 받아놓았다 마시고, 개는 발등에 봄볕을 받아놓았다 핥습니다.

나는 게을러서 받아놓은 볕이 없어 입맛만 다십니다.

봄밤이 한마디 말도 없이 누워 있습니다.

너무나 고요하여 죽었나, 살았나, 봄밤을 어루만져봅니다.

어릴 적, 혹 돌아가셨을까 하는 걱정에 곤히 잠든 어머니 여기저기를 만지던 일이 생각납니다.

옛일과 옛사람들을 생각하며 도착하지 않을 안부를 띄우기에 좋은 밤입니다.

그대에게도 안부를 띄웁니다.

편지를 보내며

이와 이 사이에 끼어 있는 구토의 잔여물처럼 낡은 언어들이 어제와 오늘 사이에 역하게 끼어 있습니다.

나는 처음부터 늙어서 태어나 처음부터 낡은 집을 지으며 살아온 것 같습니다.

낡았다는 말이 제게는 가장 새로운 말입니다.

나의 내일도 이미 낡았습니다.

이런 날은 고상한 사유보다 환멸이 더 낫습니다.

나는 아직 나를 환멸할 수 있어서 얼마나 다행인지 모르겠습니다.

며칠 조마조마하더니 드디어 지병이 도지고 말았습니다.

차라리 다행입니다.

실패한 영혼의 상처를 덧내며 노느니, 실패한 몸의 고통을 만끽하는 것이 차라리 낫습니다.

그나마 단정하게 살다 가는 길은 이것뿐입니다.

책을 보내며

보고 싶다고 말씀하신 책 몇 권을 보냅니다.

책장을 넘길 때 내 손가락 지문을 긁고 지나가던 종이의 감촉과, 솟았다 가라앉던 손등 근육과 실핏줄의 미세한 움직임도 책과 함께

모르고, 모르며, 또 모른다

보냅니다.

사실 내가 읽은 것은 책이 아니라 그것들, 내 몸의 언어입니다.

내 몸의 언어를 읽으며 참고 기다리면 끝내 책이 나를 읽어줍니다.

말씀하신 나의 독후감 대신 내 몸을 읽은 책의 독후감을 동봉합니다.

일생의 책이라 할 만한 것이 제게도 상, 하 두 권 있습니다.

상권은 끝까지 다 읽지 않았으나 이미 다 읽은 것이나 마찬가지입니다. 내용이 지루해서 매일 그만두고 싶으나 어쩔 수 없이 계속 읽습니다. 별거 없는 책을 할 수 없이 매일매일 고통스럽게 읽고 있습니다. 상권을 생략하고 하권을 집어 들고픈 충동에 늘 휩싸입니다. 그러나 하권은 상권을 생략하고는 읽을 수가 없습니다. 그래서 나는 그 지루한 상권을 죽을힘을 다해 버텨가며 읽고 있습니다.

상권의 제목은 삶, 하권의 제목은 죽음입니다. 삶은 지루하나, 지루한 삶을 통과하지 않고서는 죽음의 한 페이지도 넘길 수가 없습니다. 참 막막한 노릇이 아닐 수 없습니다.

고요를 보내며

어둠이 오면 알게 됩니다.

사람들이 집으로 돌아가며 버리고 간 불길한 말들을 누가 떠맡아

길러왔는지를.

고요가 기르는 말들이 쑥쑥 자라는 소리를 듣습니다.

그러나 사실 나는 아무것도 듣지 못합니다.

모든 소리는 고요가 다 듣고 나는 아무 소리도 듣지 못합니다.

고요란 고요가 모든 소리를 다 듣는 것입니다.

고요가 다 듣고 나면 남는 소리가 없어, 아무 소리도 들리지 않습니다.

이 세계는, 사람들이 떠맡기고 간 불길한 이 세계는, 고요에게만 말을 겁니다. 그러면 고요만이 대답합니다.

나는 아무 소리도 들을 수 없어 아무 말도 할 수 없습니다.

그 무엇도 내게 말을 걸지 않으므로, 나는 아무 대답도 할 수 없습니다.

나는 이 불길한 세계에 대해 그 어떤 발언권도 없습니다.

나는 그것이 무척이나 불행합니다.

혹 그대에게는 발언권이 있습니까?

고요를 보냅니다.

안개를 보내며

젖빛 안개가 강을 덮고 뭉클뭉클 흘러갑니다.

안개에서 젖 냄새가 납니다.

모르고, 모르며, 또 모른다

어린 물고기들이 다투어 뛰어올라 한입씩 빨고 갑니다.
어찌 그리 용케도 젖꼭지를 찾아가는지.
그 모습이 대견하여 견딜 수가 없습니다.

기도를 보내며

초월한다는 것은 외부에 존재한다는 것입니다.
인간을 초월한 신은 인간의 '밖'에 있습니다.
그것은 신이 원하는 바가 아닙니다.
신은 언제나 인간의 '안'에 있기를 원합니다.
그러므로 신은 결코 인간을 초월하지 않습니다.
초월하지 못해서가 아니라, 초월하지 않음으로써 인간의 내부에
사는 것이 신입니다.
신의 자비란 그런 것입니다.
신은 인간을 초월하는 대신 신에서 인간으로 이행합니다.
인간의 형상으로 이행합니다.
인간 초월 대신 인간 이행을 감행하는 신, 인간 이행으로 사랑을
증명하는 신. 그것이 인간 예수입니다. 예수는 인간을 초월한 존재가
아니라 인간으로 이행한 존재입니다.
인간 초월의 기적과 이적을 숭배하는 자들은 인간으로 이행한 예
수를 다시 인간 초월의 영역으로 소외시키는 자들입니다. 예수로부

터 사랑을 빼앗는 자들입니다.

예수를 생각하며 기도합니다.

부디 내가 보다 인간으로 이행하기를.

인간을 초월한 기적과 이적이 부디 내게는 일어나지 않기를.

그렇게 예수를 배반하는 일이 결코 일어나지 않기를.

아멘.

치열한 키스를 보내며

비에 젖어 촉촉한 벚나무에 입을 맞추고 기다립니다.

키스가 튀어나올 때까지 기다립니다.

나무에서 튀어나온 미끈거리는 긴 혀가 내 혀를 칭칭 감아 뿌리까지 뽑아내기를, 나의 낡은 말들이 우르르 뿌리에 딸려 나오기를, 그런 치열한 키스를 기다립니다.

가을을 보내며

달은 달 따라, 바람은 바람 따라, 산은 산과 더불어 가을을 넘습니다.

모르고, 모르며, 또 모른다

구름은 서서히 흩어지고, 젖은 땅에 버려진 누군가의 발자국은 천천히 굳어갑니다.

하늘은 한가롭게 찬바람을 기다리고, 대지는 의연하게 눈을 기다립니다.

달 따라갈까, 바람 따라갈까, 아니면 마음 먼저 보내놓고 뒤따라갈까, 나도 정처 없이 가을을 넘어갑니다.

넘어가는 가을을 붙잡고, 울 만한 것들이 죄다 서럽게 우느라 여념이 없습니다.

그 울음 사이로 느리게, 느리게 멀리서 개 짖는 소리가 허공을 타고 번져옵니다.

만년 묵은 상념의 소리가 번져옵니다.

개는 짖느라 여념이 없고, 은행잎 물드느라 여념이 없고, 개울은 흐르느라 여념이 없고, 저는 늙느라 여념이 없습니다.

그대는 어떠하십니까?

꿈을 보내며

꿈에서 깨어나 다시 세계를 보면 아직 그 세계 속에 내 꿈이 남아 있습니다.

나는 세계 속에 남아 있는 내 꿈을 보다 잠들고, 다시 꿈속에서 그 꿈을 꿉니다.

내 꿈은 세계 속에 남아 있는 내 꿈들의 재현입니다.

내 꿈은 현실의 배후가 아닙니다.

현실이 내 꿈의 배후입니다.

현실은 꿈에서만 드러나는 내 꿈의 배후입니다.

한 번 꿈꾼 자는 다시는 깨어나지 못합니다.

한 번 꿈꾼 자는 영원히 꿈을 꿉니다.

상념을 보내며

오늘 당신은 무엇을 상념합니까.

나는 하나님과 길, 바람과 볕, 꽃과 자동차, 사람들과 개와 고양이, 하늘과 구름, 커피와 사과의 상념, 잠시 머물다 가는 것들의 상념과 영원히 머무는 것들의 상념, 그 모든 상념들과 교신하는 나의 상념, 누군가 나를 흔들기 전부터 나를 흔들었던 나의 상념을 생각하며 당신의 상념을 그리워합니다.

당신의 상념을 그리워하는 것은, 마치 하나님이 세상을 창조하시기 전에 무엇을 하셨는가를 생각하는 일과 같습니다.

그것은 창조 이전의 창조의 세계와, 보이는 것들 이전의 보이시 않는 세계와, 나 이전의 당신, 당신 이전의 당신을 생각하는 일입니다.

혹 당신이 그리워할지도 모르는 나의 상념을 보냅니다.

184

굿바이 크리스마스

가난한 자들의 코는 아무리 술을 마셔도 붉어지기만 할 뿐, 반짝이지 않았다.

썰매 노동마저 사슴의 몫이었다.

올 크리스마스도 모든 빛은 사슴 코로 흐르고, 모든 어둠은 가난한 사람들의 코로 흘렀다.

사슴 코에는 뜨겁게 불이 붙었지만, 가난한 사람들의 코는 차가운 눈물에 얼어붙었다.

올 크리스마스에도 사슴은 따뜻하고 행복했으며, 가난한 사람들은 춥고 불행했다,

가난한 집 아이들만이 크리스마스에 울었고, 아이들이 울면 가난한 어른들도 따라 울었다.

산타는 우는 아이에게는 물론, 가난한 어른들에게도 선물을 주지 않았다.

웃는 자들은 오로지 부자들뿐이었으므로, 선물은 처음부터 부자들의 몫이었다.

부자들이 예수의 대속을 찬양하고 예수의 부활에 기뻐할 때, 가난하다 못해 마음마저 가난한 자들은 자기 죄와 죄의 고통마저 내어줄 수 없노라 울며 다짐했다.

남은 것은 죄와 죄의 고통뿐, 그것마저 빼앗기고 더 가난해질 수는 없노라 이를 악물고 울며 버렸다.

올 크리스마스에도 부자들은 죄 사함을 받고 선물도 받았으며, 가난한 자들은 죄 사함도 선물도 받지 못했다.

양손에 떡 든 부유한 자들의 크리스마스여 굿바이.

양손이 텅 빈 가난한 자들의 크리스마스여 굿바이.

모르고, 모르며, 또 모른다

유언

애도하는 이들에게

얇은 종이 한 장의 닳고 닳은 모서리가 마침내 벌어져 두 쪽으로 나뉘듯이, 닳고 닳은 내 생이 오늘에서야 삶과 죽음 두 쪽으로 갈라졌다.

이제 산 자들이여, 나의 사체 앞에서 실눈 뜨고 애도하는 자들이여, 실눈 뜨고 비밀을 수색하는 자들이여.

찾아보아라.

삶의 비밀은 어느 쪽에 적혀 있는가.

읽어보아라.

삶의 비밀은 언제나 백지에 하얀 잉크로 적혀 있다.

영문 몰라 하는 이들에게

막 피어나 영문 몰라 하는 꽃들에게 다 말해주었다.
여기가 어딘지, 여기가 어딘지, 그리고 또 여기가 어딘지.
그것만 말해주었다.
그게 다이므로.
꽃이라는 말은 입에도 담지 않았다.
나의 오해일 테니.
내가 나의 오해이듯.
진심으로 환영해주었다.
'어떤 날'이 아니라 이 세계에 '어느 날' 온 것을,
우리에겐 결코 어떤 날은 없을 것이며, 어느 날, 어느 날, 그리고
어느 날만 있을 것이라는 말은 하지 않았다.
말로 되는 일이 아니므로.
반갑다, 막 피어난 꽃들이여.
평생 어리둥절 살다 가리라.
이 우연의 세계에 먼저 왔다 먼저 가는 자의 쓸쓸한 환영 인사.

그대에게

과거의 말들보다 더 슬프고 고통스러운 말을 듣지 못해, 오래전

모르고, 모르며, 또 모른다

나는 이미 죽어버렸다.

　당신일까.

　나의 과거의 말보다 더 슬프고 고통스러운 말을 건네는 이, 당신
일까.

　그렇게 다시 나를 살리는 이, 바로 당신일까.

묘비명

묘비명 1 ― 꽃

꽃이 지네.
나도 몸이 진다.
마침내 나도 여기까지 왔구나.
돌이킬 수 없는 외길 앞에서
나는 꽃과 함께 대견하다.
올봄에서야 나는 꽃과는 말이 필요 없나니
장차 봄마다 나는
꽃과 함께 말이 없으리.

묘비명 2 ― 가뭄

저 마른 바람에 얼룩진 속살 좀 봐.

나뭇잎 하나 저 홀로 먼저 돌아누웠네.
차라리 비 오지
차라리 비 오지.
꾸지도 않은 꿈보다 먼저 깨어나
가진 적 없는 것들을 모두 잃었네.

모르고, 모르며, 또 모른다

모르고, 모르며, 또 모른다

모르는 전화

번지수를 잘못 찾은 전화가 거듭 온다.

— 여보세요? ○○○씨 전화 아닌가요?

— 아닙니다.

— ○○○씨 아닙니까?

— 네, 아닙니다.

— 이상하네요. 이 번호가 맞는데.

— 그러게요. 이상하게 번호는 맞는데 제가 그분은 아니네요.

— 자꾸 죄송합니다.

— 아닙니다. 급한 일이 있나 보지요.

— 네. 꼭 해야 할 연락이 있어서요.

— 찾으시는 분이 ○○○씨라고 하셨나요?

— 아, 네! 혹시 아세요?

— 아니요. 모릅니다.

— ○○○씨 모르시죠?

— 네. 제가 알 턱이 있나요.

— 그렇겠지요. 이름을 물어보시기에 혹시 아시는 분인가 해서요.

— 네. 저도 하도 물어보시기에 혹시 제가 아는 분인가 해서요.

— ○○○씨 모르시죠?

— 네. 모릅니다.

— 누구신지 모르지만 자꾸 모르시는 사람 찾아서 죄송합니다.

— 제가 누군지 모르시죠?

— 네? 아…… 그쪽이 누구신지 제가 모르죠.

— 그러게요. 참 답답하네요.

— 뭐가요?

— 제가 누구신데 ○○○씨가 누구신지를 모르는 걸까요?

— 네? 아…… 그러게요. 저도 답답하네요.

— 그래도 다행입니다.

— 네?

— 몰라서 얼마나 다행입니까.

— 아…… 네?

대개 알면 더 답답한 게 사람이다.

모르고, 모르며, 또 모른다

진실을 알면 더 답답한 것처럼.

차라리 피차 누구인지 모르는 게 다행일지도 모르겠다.

거는 사람이나, 받는 사람이나, 그리고 내가 누군지 모르는 그 사람도.

모르는 사람

정자에서 한담 중인 노인들 얘기를 기척 없이 등지고 앉아 엿듣는다.

— 말 꼬랑지 맨치루 머리 묶구 댕기는 키 큰 남 씨가 글쟁이 아녀? 띠도 말띠라믄서?

— 아닌디? 그 남 씨는 약사라고 들었는디? 군인 장교머리 허구 댕기는 키 작은 남 씨가 글쟁이루 알구 있는디?

— 둘 다 아닌디?

— 아녀? 그러믄?

— 키 큰 남 씨가 글쟁이는 맞는디 머리가 말 꼬랑지는 아녀. 군인 장교 머리지.

— 셋 다 아닌디?

— 아녀?

— 키 큰 남 씨가 말 꼬랑지 머리두 맞구 약사두 맞는디 글쟁이는

그 안사람이 글쟁이지!

— 잉? 그른겨? 그르믄 키 작은 군인 장교머리 남 씨는 뭣 허는 사람이랴? 글쟁이두 아니구 약사두 아니구?

— 아, 내가 알어? 날두 더운디 노는 게비지 뭐!

— 놀어?

— 아닌디! 허구헌 날 놀게 생긴 건 암만 봐두 키 큰 말 꼬랑지 머리 남 씬디?

— 지비두 그렇지? 누가 봐두 키 큰 남 씨지! 키 작은 남 씨는 척 봐두 야무지구 부지런허게 안 생겼남?

— 왜 아녀! 아, 우덜 잡수라구 심심찮게 박카스두 박스루 갖다 바쳐, 주전부리두 날러, 그런 키 작은 남 씨가 논다구? 말두 아니지!

— 그르게 말이여! 키 큰 남 씨야 맨날 빈손으루 어영이 찾는 부영이만치 어영부영 와설랑 쉰 소리나 허믄사 우덜 박카스며 옥수수나 축내구 가는 출신인디, 놀믄 키 큰 남 씨가 놀았지 키 작은 남 씨는 아니지!

— 그르믄 키 작은 군인 장교머리 남 씨가 글쟁이구 그 안사람이 약사인 겨?

— 아니믄 안사람이 글쟁이구 키 작은 군인 장교머리 남 씨가 약사든가!

— 암만혀두 그게 맞지 싶구먼?

— 그르믄 키 큰 말 꼬랑지 머리 남 씨는 뭐 허는 사람이랴? 약사두 아니구 글쟁이두 아니믄?

모르고, 모르며, 또 모른다

— 아, 내가 알어? 날두 더운디 노는 게비지 뭐!

— 놀어?

— 잉. 놀게 생겼잖어!

— 허! 아니라니께. 엄한 사람 백수 만들구 있네! 키 큰 남 씨 들으믄 월매나 억울할 겨?

— 허! 맞대니께! 억울헐 거 하나두 읎구만서두.

— 원제 키 큰 말 꼬랑지 머리 남 씨허구 키 작은 군인 장교머리 남 씨허구 불러다 놓구 대질허믄 좋겠구먼?

— 왜 아녀? 답답허구만 참말루!

같은 남 씨 성을 가진 키 작은 단정한 머리의 사내가 한동네에 살고 있는 모양이다. 대질이라니! 큰일 날 소리다. 우리는 한 번도 마주친 적이 없고, 마주친다 해도 서로 알 리 없는 사람들이며, 앞으로도 계속 그럴 것이다. 사람이나 진실이나 모른 채 답답한 것이 더 나은 법도 있는 것이다.

답답해서 얼마나 다행이란 말인가.

모르는 얼굴

옆집 202호 사내의 얼굴을 2년이 다 되도록 보지 못했다. 내가 그 사내의 얼굴을 본 적이 없으니 그 역시 내 얼굴을 모를 것이다.

우리는 서로 이름 석 자 정도는 알 수 있을지도 모른다. 가끔 우편물이 서로 번지수를 잘못 찾아오기도 하기 때문이다. 이런저런 범칙금 통지서, 각종 세금고지서에 적혀 있는 연체 내역, 카드사에서 보내는 최후 통첩 등등. 우리는 그렇게 우연히 서로의 처지를 지레짐작할 수 있는 정보들을 공유하기도 한다.

그러나 우리는 일면식 없이도, 정보의 우연한 공유 없이도, 서로를 깊이 이해하는 사이다. 우리는 딱 한 번, 얼굴을 마주치지 않고 대화를 나눈 적이 있고, 그것도 딱 몇 마디가 고작이었지만, 서로를 깊이 이해하기에 부족함이 없었던 것이다.

몇 달 전 일요일 밤이었다.

베란다에서 나는 잔물결 찰랑거리는 미세한 소리를 들었다.

처음에는 윗집 세탁기 배수 소린 줄 알았으나 곧 그게 아니라는 것을 알아챘다. 일단은 기계음을 동반하지 않는 것이 수상했고, 베란다 문 반투명 유리에 튜브처럼 수면 위를 둥둥 떠다니는 슬리퍼의 실루엣이 얼핏 비쳤기 때문이다.

소스라치게 놀라 문을 열어보니 베란다에 가득 찬 물이 곧 문틀을 넘어 방으로 범람할 기세였다. 둥둥 떠다니는 슬리퍼 옆에 작년에 익사한 빌레의 묵은 사제가 나란히 표류하고, 뜬금없는 거친 물살에 딸려 나온 벌레들이 슬리퍼 위에 올라타 애타게 구조를 기다리는 풍경이 한마디로 난장판이었다.

집주인으로부터 배수구가 막히는 일이 종종 있으니 주의하라는

모르고, 모르며, 또 모른다

말을 듣기는 했으나 의례적인 당부쯤으로 여겼다. 말 그대로 '종종' 이므로 아주 드문 일로 여겼거나, 설령 그런 일이 일어난다 해도 내게 일어날 일은 아니라고 흘려들었으리라. 어쩌면 '이만한 가격에 이런 방'이 '종종' 나온다던 부동산 사장님의 '종종'에 깃든 행운에 취해 집주인의 '종종'에 드리운 임박한 파국을 전혀 예상치 못했는지도 모를 일이다. 하기야 세상에 공짜가 어디 있겠는가. 행운이 한 번이면, 불운도 한 번인 것이다. '이만한 가격'에는 '이만한 불운'이 어울린다는 생각에 마음이 처량해졌다.

망연자실에 처지마저 처량하였으나 일단은 역류하는 배수구를 틀어막고 물을 퍼내야만 했다.

그러나 그조차 쉬운 일이 아니었다. 말이 베란다지, 세탁기와 보일러 그리고 에어컨 실외기를 들여놓은 억지 자투리 공간에 불과한 넓이에서는 그 어떤 동작도 쉽지가 않았다. 무엇보다 물을 퍼내기 위해서 필요한 팔의 백스윙 반경조차 나오지 않았다.

바가지를 종이컵으로 바꿔야만 했다. 부족한 반경에 바가지를 쓰자니 자꾸 베란다 문과 바가지가 충돌하고 그때마다 기껏 퍼 담은 물을 다시 토해내야 했다. 용케 충돌을 피한다 해도 바가지 물을 힘차게 창밖으로 뿌릴 만큼의 충분한 반동을 얻지 못하다 보니, 물의 절반은 다시 안으로 떨어지고 물 퍼내는 속도마저 가속이 붙지 않아 답답하기만 했던 것이다.

양을 포기하고 좀 더 자유로운 백스윙의 반경과 속도를 선택한 것은 더할 나위 없이 합리적이기는 했다. 그러나 한밤중에, 그것도 일요일 한밤중에, 중년의 사내가 그것도 저 홀로, 그것도 알량한 종이컵으로 임박한 범람을 사력을 다해 막느라 진땀을 빼는 풍경은 참으로 청승이 아닐 수 없었다.

밤이라서 그런지 창밖으로 퍼낸 물 떨어지는 소리가 귀에 착착 달라붙었다. 그럴수록 나는 마음이 착착 가라앉아 외롭고 또 외로웠다. 혼자가 아닌 둘이었으면, 누군가 옆에 종이컵을 들고 가만히 서 있기만 하더라도 둘이었으면, 아니 '거 무슨 일이요?' 하고 물어만 보고 지나치더라도 잠시나마 누군가와 함께 둘이었으면 오죽이나 좋을까 하는 바람이 절실했던 것이다.

그러나 누군가는 오지 않고 체력의 한계와 함께 허리가 끊어질 것 같은 통증만이 여러 번 찾아왔다. 나는 그때마다 베란다 문턱에 주저앉아 몰락한 양반이 야음을 틈타 가난한 탁족을 즐기듯, 수위가 낮아지기는 했으나 아직도 찰랑거리는 물에 발을 담그고 담배를 태웠다.

청승도 청승이었지만, 날이 바뀌고 사람을 불러 손보기 전까지는 안심할 수 없다는 점, 그리고 그때까지는 계속 수위를 주시하며 언제든지 종이컵을 들고 튀어나갈 태세를 유지해야 한다는 점이 까마득하기만 하여 싱숭생숭한 마음을 좀처럼 달랠 길이 없었다.

혼자가 아닌 둘이었다면 돌아가면서 불침번을 설 수도 있을 것이라는 생각에 모르는 누군가를 향한 막연한 그리움이 최고조에 다다를 즈음, 어디선가 주기적으로 물 떨어지는 소리가 들려왔다. 그 소리 역

모르고, 모르며, 또 모른다

시 귀에 착착 달라붙는 것이 예사로 물 떨어지는 소리는 아니었다.

소리의 주기성과 무게감, 그리고 아련히 들리는 바닥 긁는 소리까지, 영락없이 물 퍼내는 소리요, 퍼낸 물 버리는 소리요, 버린 물이 바닥에 떨어지는 소리가 틀림없었던 것이다.

그때서야 2층에 사는 사람은 나 혼자가 아니라는 사실이 떠올랐다. 내가 내내 그리워하던 모르는 그 누군가가 바로 옆집에 살고 있었던 것이다. 나는 반가움과 희열에 떠밀려 나도 모르게 창밖으로 고개를 내밀고 외쳤다.

— 거기도 홍수 났습니까?

곧바로 대답이 돌아오지는 않았다.

몇 차례 더 바닥 긁는 소리와 귀에 착착 감기는 익숙한 소리가 지나간 후에도 대답은 없었다.

혹시 아닌가 싶었으나 홍수가 틀림없었다.

건물 중간 벽에 가로막혀 비록 시선이 차단되었다 할지라도 202호 베란다에서 범람하는 불빛과 그 위로 쏟아지는 주기적 물벼락만은 확연했던 것이다.

나는 재차 물었다.

— 거기도 종이컵입니까?

199
모르고, 모르며, 또 모른다

그러자 이번에는 곧바로 대답이 돌아왔다.

— 거기도 바가지는 영 아닙니까?

인사치레도 없이, 전후좌우 상황 설명 없이, 머뭇거림과 겸연쩍음도 없이, 모든 상황이 일목요연하게 공유되는 순간이었다. 내가 막연히 그리워하던 누군가가 바로 옆에 있었던 것이다. 그리고 그 누군가는 그냥 스쳐 가는 사람도 아니고, 종이컵을 들고 가만히 서서 구경만 하는 사람도 아니었다. 바로 옆에서 나와 동병상련을 앓는 수재민이었던 것이다.

나는 벅찬 반가움과 동질감을 느끼면서도 최대한 감정을 억누르며 담담하게 말을 이었다.

— 네, 좀 좁아야지요.
— 네, 우리가 좀 팔이 길어야지요.

우리라!

나는 그 우리라는 말에 울컥하지 않을 수 없었다. 역시 나는 혼자가 아니었던 것이나.

그러나 곧 의아함이 일었다. 우리가 만난 적이 있었던가. 만난 적이 없다면 어떻게 내 팔 길이를 안단 말인가.

그가 내 의아함을 읽은 듯 말을 이었다.

모르고, 모르며, 또 모른다

— 종종 우편함에 서 계시는 모습을 뒤에서만 뵌 적이 있습니다. 팔이 저처럼 길더군요.

— 그랬군요. 전혀 몰랐습니다.

— 그럴 만하더군요. 원래 뭐든 그렇게 집중하는 편인가 봐요? 꽤 오래 뒤에서 서성거리는데도 인기척을 못 느끼시더라고요.

— 집중은요. 둔한 거지.

— 아까부터 저도 같이 물 퍼내고 있었습니다. 그쪽 소리도 내내 듣고 있었고요.

— 그래요? 전 그쪽 소리를 이제야 들었습니다.

— 네. 저보다 두서너 배는 빠른 속도로 열중하시더군요. 못 들으실 만합니다.

— 열중은요. 둔해빠진 거지.

— 머리 스타일이 아주 멋집니다. 저도 한번 해보고 싶은 스타일인데 자신이 없어서요.

— 늙은 노새 꼬랑지 묶은 꼴인데 멋지긴요. 이발소 가기 싫어서 그냥 묶고 다닙니다.

— 뒷모습만 봐도 군살 하나 없고, 키도 훤칠하고 옷 태도 아주 좋더라고요. 두루두루 부러워하고 있습니다.

— 부럽긴요. 허우대만 멀쩡하고 실속이 없습니다.

듣다 보니 그는 나에 대해서 많은 것을 알고 있었다. 누군가의 뒷모습을 알면 다 아는 것이 아니겠는가. 그에 반해 나는 그에 대해 아

모르고, 모르며, 또 모른다

무엇도 아는 것이 없었다.

우리는 한동안 물을 퍼내다가 말을 섞고, 말을 섞다 물을 퍼냈다. 그 질문만 없었다면 날이 바뀌도록 대화는 이어졌을 것이다.

— 근데 혼자입니까……?

누가 먼저 물었는지는 정확히 기억나지 않는다.
어쩌면 동시였는지도.

— 아, 저야 딱히 뭐…….
— 네. 저도 딱히 뭐…….

그 후로 우리는 아무 말 없이 조용히 각자의 물을 퍼내기만 했다. 그가 내 속도에 맞추기도 하고, 내가 그의 속도에 맞추기도 해가면서.

'우리'라는 말이 내내 마음에서 찰랑거렸다. 중년도 지긋한 중년의 나이에, 그것도 이런 가격으로는 어디서도 찾을 수 없는 단칸방에, 그것도 식구도 없이 홀로, 굳이 설명하지 않아도 빤히 드러나는 '우리'를 나는 숨 막히게 공감하고 있었던 것이다.

그러나 그것은 '딱히' 슬프거나 처량한 감정에 북받친 공감은 아니었다. 사실 '우리'는 '딱히' 잘한 것도 없으나 잘못한 것도 없으며, 잘하는 일도 없으나 그렇다고 못하는 일도 없으며, 딱히 되는 일도

모르고, 모르며, 또 모른다

없었으나 딱히 안 되는 일도 없지 않았던가.

우리는 딱히 내세울 것도 없지만, 그렇다고 딱히 감출 것도 없는 존재들이 아니던가.

우리는 이렇게 살고자 했으나 저렇게 살아지고, 이럴 리가 없는데 늘 그럴 수밖에 없었으며, 그럴 수밖에 없었으나 그럼에도 불구하고 살아남은 존재들이 아니던가. 우리는 딱히 무어라 설명할 수 없는 실존들이고, 실존이란 원래 그런 것이 아니던가.

그게 그가 말한 '우리'고 내가 숨 막히게 공감하는 '우리' 아닌가.

나는 날이 바뀌고 사람이 와서 배수관을 손보는 동안에도 내내 '우리'라는 말에 사로잡혀 있었다.

― 다 끝났습니다.

― 얼맙니까?

― 계산은 202호에서 다 하셨습니다.

― 네?

― 거기 먼저 들러서 왔습니다. 201호도 손봐야 한다고 하시던데요.

그러고 보니 나는 사람을 부른 적이 없었다.

생각에 사로잡혀 있는 동안 사람이 왔던 것이고, 나는 내가 부른 듯 맞이하였던 것이다.

— 202호는 멀쩡합니까?

— 네. 멀쩡하긴 한데 딱히 뭐…….

— 여기하고 비슷합니까?

— 네. 비슷하긴 한데 딱히 뭐…….

그 후로 우리는 서로 딱히 아는 척을 하지 않았다.

내 뒷모습을 계속 보았을 것임에도 그는 인기척을 드러내지 않았고, 종종 계단을 오르내리며 팔이 나처럼 긴 사내를 보았음에도 나역시 무심히 지나쳤다.

고맙다는 인사를 건네야 마땅했으나 그런 인사치레는 생략해도 무방했다.

'우리'는 이미 '우리'였으므로.

그리고 하나의 실존은 오로지 그 하나의 것이며, 딱히 다른 하나의 실존에 개입할 이유가 없으므로.

시지푸스는 자신의 돌만 굴릴 수 있을 뿐, 다른 시지푸스의 돌을 굴릴 수는 없으므로.

그것만이 실존의 존엄이자 시지푸스의 존엄이므로.

우리는 둘 중 하나가 먼저 이 공간을 떠날 때까지 내내 서로의 얼굴을 노를 것이다.

서로의 존엄을 위해서.

204

모르고, 모르며, 또 모른다

모르는 일

언제부턴지 모르게 동네에 점집이 들어섰다.

택시기사가 혼자 살던 집인데, 그가 이사 가고 다른 사람이 들어온 것은 아니었다. 그렇다고 택시기사가 갑자기 신내림을 받고 점을 치게 된 것도 아니었다. 동네 사람들 말로는 택시기사 혼자 살던 집에 어느 날부터 여자가 드나들기 시작하더니 급기야 눌러앉았는데, 그 여자가 무당이라는 것이었다.

동네 사람들은 그 일을 두고 사람 인연은 모르는 일이라며 저마다 혀를 내둘렀다.

택시기사와 무당이 사랑에 빠진다 한들 그 인연에 혀를 내두를 일은 아니다. 무당이 점집을 차리는 일 역시 마찬가지다. 사람들이 혀를 내두르는 데는 그만한 이유가 있었는데, 그것은 그 집의 이력 때문이었다.

원래 그 집은 어떤 사내가 혼자 살던 집이었다. 그 사내는 변변한 직업 없이 시름시름 앓는 게 일이었는데, 누구 하나 곁에서 돌봐주는 사람이 없었다. 가끔 여자가 다녀가곤 했는데 그 여자가 누군지 아는 사람이 없었다. 그렇게 앓던 남자가 어느 날 종적을 감췄다. 그리고 얼마 후부터 그 여자가 그 집에 눌러앉아 살기 시작했다.

그 여자는 자기가 사내의 먼 친척 누나이며 남자는 자기가 아는 모처에서 요양 중이라고 했으나, 사실이 무엇인지는 아무도 알 수가 없었다. 정확히 말하면 아무도 여자의 말을 믿는 눈치가 아니었다.

한동안 동네 사람들은 남자의 소식을 가끔 그 여자에게 묻고 들으며 묘연한 남자의 행방에 대한 단서를 찾으려 했다. 그러나 그것도 잠시, 사람들은 그냥 남자가 모처에서 요양 중인 것으로 믿기로 했다. 불길한 상상보다는 그게 훨씬 마음이 편했던 것이고, 불길한 상상을 사실로 확인하기까지 들여야 할 시간과 노력이 엄두가 나지 않았던 것이다. 그러나 그 와중에도 엄두를 내는 사람은 늘 있기 마련, 누군가의 수사 의뢰를 받은 경찰이 여자를 찾아와 이것저것 묻고 갔다는 말이 돌았으나 여자는 그 후로도 계속 그 집에서 살았다.

그것으로 끝이었다.

그것으로 동네 사람들의 불길한 상상도 막을 내렸다.

사내의 먼 친척 누나 된다는 여자 역시 변변한 직업 없이 앓는 게 일이었다. 사내처럼 돌봐주는 사람 없이 혼자 앓았는데, 그녀에게도 가끔 들르는 사람이 있었다.

그 남자는 얼마 지나지 않아 아예 여자 집에 눌러앉았다. 남자는 자기가 그 여자의 먼 친척 동생이라고 밝혔으나 아무도 그 말을 믿지는 않았다. 누가 봐도 둘은 먼 남매가 아니라 가까운 연인 사이였다.

동네 사람들은 다시 모처에서 요양 중이라는 남자를 떠올리며 불길한 상상에 불을 지폈다.

경찰이 찾아와 여자와 남자에게 이것저것 묻고 갔다는 말이 돌고 나서도 여자와 남자는 그 집에 계속 살았다.

그것으로 끝이었다.

모르고, 모르며, 또 모른다

그것으로 동네 사람들의 불길한 상상 2막도 막을 내렸다.

남자는 그 집의 울타리를 손보는가 하면, 출근하기 전이나 퇴근하고 나서 정성을 기울여 텃밭을 가꾸기도 했으며, 개와 닭을 길렀다. 몸도 마음도 부지런한 사람이었다.

남자는 또 여자에도 정성을 기울였다. 남자는 인근 병원 처방이 여자의 병에 별 효과가 없다며 가까이는 전주, 멀리는 서울까지 여자를 데리고 큰 병원을 찾아다녔다. 어쩔 때는 둘이 갔다가 남자 혼자 돌아오는 때도 있었는데, 정밀검사차 불가피하게 여자가 입원을 해야 할 때였다. 물론 남자의 말이었다.

사람들은 남자의 말에 예의 불길한 상상을 떠올리기도 했으나 오래가지는 않았다. 남자의 말대로 여자는 몇 번이고 다시 돌아왔던 것이다.

그러나 어느 해 봄, 남자가 개인택시 면허를 받고 나서 며칠 후 여자는 집을 나갔다.

이번에는 요양이네 행방 묘연이네 다른 말이 필요 없는 명백한 가출이었다. 남자는 여자를 태우고 같이 다니던 도시를 혼자 뒤지고 다니며 여자를 찾았다. 가까이는 전주, 멀리는 서울까지.

이번에도 경찰이 찾아와 남자에게 이것저것을 물어보고 돌아갔다.

그것으로 끝이었다.

남자는 계속 그 집에서 혼자 살았다.

그리고 남자는 지금 다른 여자와 함께 산다. 남자는 건강하게 택시를 몰고, 여자는 부지런히 점을 친다. 남자와 여자는 아침저녁으로 텃밭을 가꾸고, 개와 닭과 함께 고양이도 기른다.

그리고 여자와 함께 온 아이는 남자의 택시를 타고 학교에 가고, 남자의 택시를 타고 집에 온다. 아이를 데리고 온 남자는 텃밭에서 딴 풋고추 몇 개를 반찬으로 조촐한 점심을 먹고 다시 택시를 몰고 나간다.

여자는 남자를 배웅하고 나서 다시 점을 치고, 아이는 점치는 여자 옆에서 숙제를 한다.

동네 사람들은 이제야 그 집의 묘하고도 불길한 이력이 여기서 끝날 것이라고 생각하면서도, 남자의 택시가 어둠 속에서 미등을 깜박이며 후진으로 그 집 마당에 안착할 때까지는 여전히 불길하고 불안한 마음을 감출 수 없다.

이제 곧 택시와 함께 남자가 사라지고 다른 남자가 그 집을 드나들 것이라고 수군거리는 사람들도 있다. 여자가 들어오면 남자가 나가고, 남자가 들어오면 여자가 나가고, 그리고 이번에는 여자가 들어왔으니 다시 남자가 나갈 차례라는 것이다.

그러나 다행히도 아직까지 그 점집은 별다른 징후 없이 무탈히다. 먼 친척 동생 된다는 남자도, 먼 친척 누나 된다는 여자도 그 집을 찾아오지 않는다.

아직까지는.

그래도 사람들은 여전히 불길한 상상을 멈추지 못한다. 사람 인연이란 모르는 일이라면서.

나는 동네 사람들이 혀를 내두르는 그 모르는 인연을 영영 모르고 싶다.

그럴 수만 있다면 얼마나 다행이랴.

때로는 몰라서 다행인 일도 있는 것이다.

사람도, 진리도, 그리고 인연도.

모르고, 모르며, 또 모른다

겨울

무기력

염치없지만 겨울을 믿는다.

봄의 환생, 여름의 열정, 가을의 나른함에 속아 삶에 대한 환상과 착란에 빠졌다가도, 겨울이 오면 돌아온 탕자처럼 다시 겨울을 믿는다.

영원히 반복될 지겨운 계절의 순환을 끝낼 계절은 오로지 겨울뿐이라고, 이번만큼은 겨울은 겨울에 성공할 것이라고, 겨울의 냉정함과 무자비함을 믿는다.

자애로운 표정으로 팔 벌린 신의 품을 향해 달려가는 어린 양이었다가, 겨울이 오면 무리를 떠나 신의 등 뒤에서 신 대신 겨울을 믿는다.

신의 등을 그린 성화(聖畵)를 본 적이 없다. 신은 결코 뒤돌아보지

모르고, 모르며, 또 모른다

않으므로, 아무도 신 뒤에서 신의 등을 그리지 않는다.

인간도, 신도 방치한 그곳에서 어린 양 하나가 겨울을 믿는다.

그러나 겨울은 번번이 겨울에 실패하고, 실패에 길들여진 겨울의 무기력과 나의 무기력은 무럭무럭 자란다.

그러나 인간으로부터, 신으로부터도 스스로 방치되고 싶은 존재들에게만 깃드는 무기력 속에는 놀라운 평온이 있다.

죽음 외에는 한때 살았다는 어떤 증거도 남기지 않는 무기력한 존재들은 지극히 평온하다.

죽음만을 삶의 증거로 남기고자 하는 존재들은 아무런 해가 없다. 사람에게, 사물에게, 시간에게, 우주에게 그들은 아무런 해가 없다.

그리하여 겨울이 아무리 겨울에 실패해도, 나는 겨울을 믿는다.

겨울의 무기력과 그 무해함을 믿는다.

힘

겨울에는 극단으로 치닫는 힘이 있다.

봄과 가을의 균형을 통쾌하게 무너뜨리고, 다시는 아침이 오지 않을 것만 같은 기묘한 어둠을 불러오는 그 극단의 힘.

나는 그 기묘한 어둠 속에서 넋을 잃고, 봄과 가을에 늘어놓았던 군말들을 모두 잊는다.

하늘

코발트색 물감을 풀어놓은 물이 얼어붙은 듯, 겨울 하늘이 가을보다 더 극단적으로 파랗다.

자동차가 과속방지턱을 넘는 진동에도 하늘이 산산이 부서져 파란 얼음 조각들이 쏟아질 것만 같다.

얼음을 쪼개는 날카로운 바늘처럼 하늘을 날아가는 저 비행기는 또 얼마나 위태로운가.

마음이 조마조마해져 입에서 저절로 천천히, 천천히 소리가 나온다.

부디 천천히 지나가거라.

비행기, 비행기.

자동차, 자동차.

겨울 장마

또 비다.

내내 짖어 있는 산은 물독으로 퉁퉁 부어올라 위태로워 보이고, 잔뜩 물먹은 비대한 몸으로 바람에 꾸역꾸역 휘청거리는 풀잎은 바라만 봐도 속이 울렁거린다.

겨울에 어인 비가 여름 장맛비처럼 연 이틀이더니, 비 그치고 나

모르고, 모르며, 또 모른다

서도 멀쩡한 햇빛 못 본 지 연 사나흘이다.

형광등 불빛으로만 확인하는 시간은 왠지 현실감이 없어서, 끼니가 한참이나 지나도록 허기도 찾아오지 않는다. 혹 입맛을 잃어버린 것은 아닌지 쓸데없는 걱정이 인다.

볕 좋은 겨울 아침 나뭇가지에 달라붙은 반짝이는 된서리를 쪼러 오던 새는 자취가 없다.

된서리로 간단히 목만 축이고 날아가던 새, 눈 내리던 날 눈을 뒤집어쓰고 적막하게 앉아 있던 새, 새에게는 입맛을 잃을까 걱정하는 자가 범접할 수 없는 스스로 입맛을 버린 자의 기품이 있었다.

새를 생각하니 입맛을 걱정한 뒷맛이 씁쓸하고, 기품 있는 새와 함께 귀한 겨울 볕을 알뜰히 나눠 쬐던 날들을 생각하자니 이 장마가 더 탐탁지 않다. 새가 보이지 않는 것이 장차 봄이 없으리라는 불길한 징조인 것만 같다.

동백꽃 지고 화분 치운 지가 벌써 몇 날인데, 아직 꽃향기가 그 자리에 서럽게 울고 있다. 그 또한 장차 봄이 없으리라는 불길한 귀곡성 같아 고막이 부르르 떨린다.

창문을 열어도 나갈 생각 없이 저토록 울고만 있으니 불길해 견딜 수가 없다.

다시 화분을 들일 수밖에.

창을 뚫고 들어온 볕이 내 눈동자와 부딪쳐 마디마디 부러지던 그 맑은 소리, 빛의 골절 소리는 언제나 다시 들을 수 있으려나.

뼈가 부러지며 햇살이 하얀 개미들처럼 뼛속에서 쏟아져 나와 내 눈동자 속으로 기어들어 올 때, 개미 다리 여섯 개의 감촉에 간지러워 눈 비비던 날은 언제 다시 오려나.

내 몸에 스며든 봄볕의 실뿌리가 한 올 한 올 바르르 떨며 운명하는 밤, 까닭 없이 몸이 간지러워 뒤척이던 그 불면의 봄밤은 또 언제 다시 오려나.

볕 드는 창가에 나른히 앉아, 이 빠진 늙은 나비처럼 허전하게 조는 낙이 다시는 없으려나.

앞으로 며칠 더 볕이 없으려나, 아예 장차 봄이 없으려나.

겨울 장마가 불길하고 또 불길하기만 하다.

밤

유난히 추운 겨울이다.

바람을 쫓아오던 햇볕은 모서리에서 바람을 놓치고 골목길을 그냥 지나쳐간다.

골목길은 늘 그늘이 짙은 음지다.

골목을 덮은 눈은 바람에 수분을 딸려 보내며 말라가다가, 점점 작아지고 가벼워져 알알이 굴러 사라져간다.

골목이 빙하기의 사막 같고, 눈은 차가운 모래 알갱이 같다.

깊은 밤이면, 빛에서 풀려난 어둠을 타고 잠입한 바람이 난폭하게 비수를 휘두르며 모든 것을 베고 다닌다.

가만히 벽에 귀를 대보면 바람이 벽을 베는 소리가 들린다.

나도 모르게 내 목을 감싸 쥐지 않을 수 없다.

저 벽을 베고 나면 그다음은 내 목이 아니겠는가.

바람이 벽을 베는 소리에 자동차가 고바우를 간신히 올랐다 다시 가파른 내리막길로 접어들 때처럼 아랫배가 시큰하게 출렁거리며 오금이 저린다.

마당의 동백꽃 봉오리는 피지도 못한 채 얼어붙어 떨어졌고, 개는 곱은 꼬리를 제대로 흔들지도 못한다.

언 발을 녹이는 듯 연신 제 발을 핥는 개의 입김이 혀가 보이지 않을 만큼 무성하다.

무성하기는 하나 왠지 마지막 남은 쌀로 밥 짓는 가난한 집 굴뚝 연기처럼 입김이 서늘해 보인다.

입김이 서로 달라붙지 못하고 찰기 없이 이내 푸석푸석 흩어져 버리는 모습이 삭풍에 흩날리는 싸락눈처럼 을씨년스러워 더 춥다.

냉한 습기에 주눅 든 전등 불빛은 꺼져가는 연탄불처럼 제 색이 나지 않는다.

눈은 더 침침하고, 활자는 냉기를 피하려 한껏 종이 속으로 파고들어 가 읽는 책마다 난독이다.

독주를 마셔도 내장이 얼어붙고, 솜이불을 덮어도 몸이 떨리는 겨울밤이다.